KB093320

2022년 한 해,
당신의 우주에 행운이 깃들기를 바라며
깊은 사랑을 담아

김초엽 드림

브레모사

김초엽

므레모사

김초엽

소설

PIN
038

차례

PIN

038

므레모사

김초엽

1

　중요한 무대를 망쳐버리는 상상을 하고 있다. 음악이 막 흐르기 시작한 순간, 조명이 나를 비추고 독무가 시작되는 순간. 사람들의 시선이 나에게 쏠린 그 순간에, 모든 것을 엉망으로 만드는 상상을.

　이를테면 이런 것들. 음악은 계속 흘러가고, 조명이 어수선하게 무대 위를 미끄러지는데, 내가 아무것도 하지 않고 그저 그 자리에 서 있는다면 어떨까. 처음에는 퍼포먼스의 일종인 줄 알던 사람들이, "어떡해" "뭐 하는 거야?" "몸이 굳었나 봐" "패닉에 빠진 걸까?" 하고 수군거릴 때까지.

혹은 무대를 시작하자마자 그대로 바닥에 몸을 내던져서, 고통으로 일그러진 표정으로 끝까지 바닥을 나뒹굴다가, 어떤 '도약'도 보여주지 않고 그대로 퇴장할 수도 있겠지. 관객들은 시간이 흘러도 돌아오지 않는 무용수를 의아하게 생각하다가, 이것이 정말로 계획된 퍼포먼스인지 아니면 무용수의 일탈인지를 고민할 것이다.

더 끔찍한 쪽으로도 상상해본다. 그냥 모두가 보는 앞에서 내 다리를 뽑아버리면 어떨까? 관절의 체결 부위를 느슨하게 열어놓고, 뒤뚱거리며 무대로 올라간 다음, 다리를 내던져버리는 것이다. 나는 그 즉시 균형을 잃겠지. 아슬아슬하게 서 있을 수도 있고. 내 다리를 어둠 속에서 되찾아오기 위한 슬랩스틱코미디를 펼칠 수도 있겠다. 관객들은 어떻게 반응해야 할지 몰라 혼란스러워할 것이다. 경악하고 소리를 지를 것이다. 그러나 울거나 웃지는 못할 것이다. 그 표정들을 지켜보는 나는 즐거울 텐데.

무수한 조명들이 만든 빛의 안개 속에 나는 서 있다. 뜨겁게 달아오른 빛이 나를 비춘다. 허공에

부유하는 먼지들 외에는 아무것도 보이지 않는다. 나는 안개 너머 관객석을 바라보며 생각한다.

어쩌면 지금이 그 순간이 될지도 모른다고.

나에게 주어진 기회는 지금뿐일 거라고.

박수가 잦아들다 완전히 멈추고, 짧은 정적 속에, 통통 튀어 오르는 소리가 시작을 알리는 지금. 심장 소리가 차갑게 들리고, 시간이 추잉 껌처럼 끈적하게 늘어나는 이 순간. 나는 머릿속에서 시뮬레이션을 한다.

좋아, 이번에는…….

이번에야말로 다리를 뽑아버려야지.

하지만 흐르는 음악이 나를 막아 세운다. 저 관객석의 어둠 속에 도사린 어떤 시선들이 나를 멈춰 세운다. 그 음악이, 그 시선들이 나에게 말한다. 나는 당신의 도약을 보고 싶어요.

그래서 나는 다리를 뽑는 대신, 자동인형처럼 발을 내디딘다. 경쾌한 리듬에 맞추어 수없이 반복해왔던 움직임이, 몸에 새겨진 근육의 형태가 나를 춤추게 만든다. 왼쪽 다리, 오른쪽 다리, 그리고 비명처럼 감각 사이에 끼어드는 그림자 다리.

나는 고통과 비명 사이에서 춤을 춘다. 음악이 나를 조종한다. 춤은 무의식중에도 나를 다음 동작으로, 또 다음 동작으로 이끈다. 통증이 움직임 사이에 스며든다. 부지불식간에, 근육과 관절과 신경 사이에, 칼날처럼 혹은 망치처럼.

어둠 속에서 숨죽인 시선들이 느껴진다. 빨간 눈을 지닌 카메라들이 나를 향한다. 혹시 저들 중 누군가는 알고 있을까. 내가 다리를 떼어내고 싶다고, 움직임을 멈추고 싶다고, 몸을 부수고 싶다고, 뇌로부터 신경을 분리해서 끊어버리고 싶다고 생각한다는 것을. 만약 지금이라도 멈춘다면 어떻게 될까. 그들은 놀랄까. 안타까워할까. 내가 다리를 뽑아 던진다면. 도약하지 않겠다고 선언한다면. 그냥 재미있는 일이 있었네, 말하며 집으로 돌아가게 될까.

충동이 나를 부추길 때 장막 뒤에서 다른 무용수들이 뛰쳐나온다. 나는 순식간에 그들 사이에 섞여든다. 그러면서 여전히 그림자 다리와 함께 춤을 춘다. 도약하면서, 바닥을 구르면서, 허공을 가로지르면서, 손끝과 발끝으로 어떤 움직임을 표현하려고 애쓰면서.

그렇게 나는 마지막 기회를 놓친다.

박수가 쏟아지고 조명이 꺼지고 모든 무대가 끝
난 뒤에, 스태프들과 동료들이 들뜬 얼굴로 나에
게 다가와 나를 끌어안는다. 하이파이브를 하고
악수를 나눈다. 어떤 말들은 나를 그냥 스쳐 지나
가고, 어떤 말들은 나의 귀에 꽂힌다. 그들의 목소
리에서 나는 한나의 목소리를 겹쳐 듣는다.

"내가 아는 사람 중에, 유안 너는 가장 강하고
아름다운 사람이야."

나를 결코 의심하지 않던 한나.

눈을 감았다 떴을 때, 나는 관객석에 앉아 있는
한나를 본다.

이제 나는 한 사람을 위해 춤을 춘다. 나의 아름
다움과 강인함을 사랑하는, 나의 도약을 사랑하는
한나를 위해서.

허벅지와 무릎 사이에, 살점과 이물질 사이에
고통이 파고든다. 그 전기신호들은 끊임없이 속삭
여 나를 신경쇠약에 걸리게 한다. 넌 나를 지울 수
없어. 그림자 다리가 말한다. 종소리처럼 울리는

통증에서 파도를 온몸으로 맞는 고통 사이, 흔들리는 몸을 바로 세운다. 그리고 다시, 피부 표면을 칼로 베어내는 듯한, 세포 하나하나를 날카로운 핀셋으로 떼어내는 듯한 끔찍한 감각이 찾아온다. 나는 소리를 지르며 한나를 찾는다.

한나, 제발 나에게 멈추라고 말해줘.

하지만 한나는 이곳에 오지 않았고 관객석은 텅 비어 있다.

그는 널 떠났고, 난 여기에 있어.

내가 영원히 잃어버린 다리가 중얼거린다. 그것은 때로는 주먹만 한 크기로, 때로는 감당할 수 없이 거대한 크기로 나의 신체에 덧붙여진다. 원래 나에게 존재하는 신체처럼, 그것을 통제할 수 있다. 발끝을 접었다가 펴고, 발목을 움직이고, 발바닥을 아치 형태로 만든다. 그 감각은 너무나 생생하다. 그림자 다리가 나에게 말한다.

그것 봐. 이제 나를 잘 봐. 나는 결코 사라지지 않아.

*

덜컹거리던 밴이 휴게소 앞에 멈춰 섰다. 비포
장도로를 한참 달려 산 중턱에서 발견한, 컨테이
너로 지어진 간이 휴게소였다. 이제 막 잠이 깬 유
안은, 코팅이 다 벗겨진 창문 너머로 바깥 풍경을
보았다. 밤에 출발했을 때보다는 밝았지만, 구름
이 많이 낀 날씨여서 흐리고 축축했다. 아직 목적
지는 아닌 것 같은데, 왜 여기에 멈췄는지 상황을
알 수가 없었다.

"잠시 20분 휴식하고 출발하겠습니다!"

가이드가 쾌활하게 말하며 조수석에서 먼저 내
렸다. 곧이어 밴의 문이 양쪽으로 활짝 열렸다.

"일단 내려주세요. 아직 목적지까지는 좀 더 가
야 해요. 화장실은 휴게소 좌판 기준 오른쪽이에
요. 5시몬 동전이 필요해요!"

가이드는 목청 높여 빠르게 설명하며 여행자들
을 모두 내리라고 독촉했다. 유안도 뻣뻣하게 굳
은 몸을 움츠리며 자리에서 일어났다. 밴 밖으로
나오자 가장 먼저 느껴진 것은 숲의 청량함이었

다. 그러나 다음 순간에는 기묘한 기름 냄새와 흙 냄새, 부패의 악취가 그 공기로 섞여들었다. 어딘가에서 눅눅한 바람이 불어왔다. 밴의 요란한 엔진음 외에는 새 소리 하나 들리지 않고 고요했다.

우거진 소나무와 참나무, 단풍나무 사이로 차 두 대가 겨우 달릴 법한 비좁은 흙길이 구불구불 나 있었다. 유안은 시계를 보았다. 벌써 출발한 지 여섯 시간이 지나 있었다. 어제 자정 무렵, 사무소가 있는 체크포인트에 모여 가이드가 여행자들로부터 짐을 모아 확인하고 이런저런 귀찮은 서류 처리를 기다리느라 한 시간을 지체했다. 참가자 중 한 명이 늦게 나와 출발이 더 지연된 것까지는 기억이 난다. 그새 진통제를 먹고 한참이나 잠들었던 모양이다.

휴게소로 걸어가자 휴게소 옆에 세워진 낡은 표지판이 보였다. 이르슐어로 크게, 그리고 영어로 작은 글씨가 덧붙여져 있었다.

검문소 직원의 지시사항을 따르십시오. 370번 도로에서는 라벨을 부착하십시오. 허가 없이 기지 게이트 내부로 진입해서는 안 됩니다. 외부 폐기물의 처리를 금합니다.

글자는 다 닳아 있고, 기지 이름은 일부러 칼로 긁어낸 것처럼 지워져 있었다. 그 위로 흙먼지가 뿌옇게 덮여 있어, 유안은 먼지를 털어 내려 손을 가져다 댔다.

"안 건드리는 게 좋을걸요."

말을 걸어온 남자는 처음 보는 얼굴이었다. 구릿빛 피부에 크고 뚜렷한 코, 갈색의 눈동자. 선량해 보이는, 호기심 어린 시선이 유안을 향했다. 어제 인사를 나눈 사람은 아닌 듯한데, 아마도 늦게 도착해서, 출발을 지연시켜 다른 여행자들을 한참 투덜거리게 만든 그 남자겠지. 가이드가 불평하며 내뱉은, 레오라는 이름을 가진 남자.

"왜요?"

"뭐가 묻어 있을지 모르잖아요. 여긴 유출 사고가 일어났던 오블라협곡이고."

유안이 남자의 말을 무시하고 표지판 위의 흙먼지를 손가락으로 문지르자, 남자는 흥미롭다는 듯 그 모습을 바라보았다. 흙먼지는 그냥 흙먼지였다. 그리고 지워진 표지판의 글자는 여전히 읽을 수 없었다. 이곳에 세워진 기지의 이름, 뭐였더라. 유안은 흐릿한 기억을 더듬었다.

"당신, 세상모르고 자더라고요. 원래 그렇게 밖에서도 잘 자요?"

"음, 뭐…… 그런 편이죠."

유안이 성의 없이 대꾸하자 남자는 어깨를 으쓱이며 한 발짝 뒤로 물러났다. 비가 내렸는지 바닥이 흙탕물로 지저분했다. 신발에 적갈색의 진흙이 들러붙었다.

한참을 좁은 좌석에 몸을 붙이고 있었더니, 다리가 아파왔다. 잠시 무릎 부위를 살펴봐야 할 것 같았다. 되도록 사람들의 시선을 피할 수 있는 곳에서. 저런 남자가 따라붙지 않을 장소에서.

유안은 표지판을 지나 휴게소 뒤편으로 펼쳐진 절벽 가까이로 다가갔다. 썩은 낙엽들이 바스락바스락 밟혔다. 까마득한 낭떠러지 아래, 나무들이 가득했다. 사계절이 있는 아열대 산림인 이곳에는 벌써 단풍이 불그스름하게 들고 있었다.

사람들이 없는 것을 확인하고, 유안은 통 넓은 바짓단을 접어 무릎까지 올렸다. 제대로 손을 보긴 어려웠지만, 대충 덜그럭거리는 부위를 혼자 조절할 수 있을 정도로 이 다리에 익숙하다. 굳이 모르는 사람들 앞에서 발목을 드러낼 필요는 없다. 그렇다고 무릎 부위를 살피자고 화장실에 가기도 싫었다. 유안은 간단히 점검을 마치고, 더는 압박감이 느껴지지 않는 것을 확인한 후 끌어 올린 바짓단을 다시 발목까지 내렸다. 그때 뒤에서 어떤 목소리가 들려왔다.

"너무 가까이 가면 떨어져요."

뒤를 돌아보니 아까의 그 남자였다.

"어떤 참견쟁이 때문에 놀라서 떨어질 뻔하지만 않았어도, 아주 안전해 보였는데요."

"그 전에 경고를 드릴 수 있어서 다행이군요."

유안의 퉁명스러운 대꾸에도 남자가 넉살 좋게 웃어 보였다. 도대체 무슨 생각인 걸까. 초면에 대뜸 쓸데없이 말을 걸어오는 남자는 유안의 취향은 아니었으나, 잘생긴 이목구비를 보니 기분이 나쁘지는 않았다.

유안이 물었다.

"지금 어디쯤인지 알아요?"

"이 속도로 네 시간쯤 더 가야 한다고 하네요."

유안은 고개를 살짝 끄덕이고 그를 지나쳐 휴게소 앞으로 걸어갔다. 유안을 뒤따라올 줄 알았던 남자는 조금 전까지 유안이 서 있던 절벽 가까이 다가가 진지한 표정으로 아래를 내려다보고 있다.

휴게소를 지키는 이는 구부정한 자세의 노인 한 명뿐이었다. 노인은 가게 좌판에 느릿느릿한 속도로 물건을 늘어놓고 있었다. 애초에 이 도로를 지나는 차는 거의 없는 듯했다.

조금 떨어진 곳에서, 가이드와 운전기사가 밴의 보닛을 열어놓고 무언가 상의 중이었다. 이르슐어여서 알아들을 수가 없었다. 유일하게 이르슐어를 알아듣는 헬렌이 말했다.

"정비해야 할 것 같다는군. 아까 산길을 올라오는 동안, 차에서 이상한 소리가 났거든."

좌판 앞의 둥글고 커다란 테이블로 여행자들이 모여들었다. 어제 간단히 통성명하긴 했지만, 오는 내내 잠들어 있던 유안에게는 여전히 낯선 얼굴들이었다. 외국어에 능통하고 여행 경험이 풍부한 듯한, 60대 정도로 보이는 헬렌, 관광학을 연구한다는 대학원생 이시카와, 태국에서 온 젊은 기자 탄, 그리고 한국에서 유튜브와 영상 콘텐츠 관련 일을 한다는 주연. 이 정도가 어제 인사를 나눈 이들에 대해 유안이 기억하는 전부였다.

어색한 침묵이 흐르는 테이블 위로, 팩에 든 주스 열 몇 개가 와르르 갑작스럽게 쏟아졌다. 바닥으로 굴러떨어지려는 것을 유안이 하나 낚아챘지만 다른 하나가 땅으로 곤두박질치며 진흙을 사방에 튀겼다. 여행자들의 시선이 단번에 주스 팩을 쏟아놓은 남자를 향했다. 아까 유안에게 말을 걸었던 레오라는 남자였다. 그사이 매점에 있던 주스를 사 온 모양이었다. 사람은 여섯 명인데, 그에 비해 주스 개수는 너무 많았다. 헬렌이 웃으며 물었다.

"양심은 있나 보군. 이걸로 어제의 잘못을 만회해보려는 건가?"

레오가 능청스레 주스를 하나 집어 들며 대꾸했다.

"그게, 정말로요, 가는 길에 멧돼지를 만났다니까요. 불가피한 재난이었다는 이야기입니다."

"멧돼지와 싸워 이기지 못한 자네 잘못이지."

헬렌이 말했다.

"하하, 맞습니다. 제 불찰이에요. 고작 이정도로 여러분의 시간을 보상하지는 못하겠지만, 그래도 이번 여행의 간식거리는 제가 책임지도록 하죠."

레오가 그렇게 말하며 사람들에게 주스를 나누어주었다. 멀미를 심하게 했는지 표정이 좋지 않은 탄을 제외하고는, 다들 레오에게서 주스를 하나씩 받았다. 잠시 부스럭거리는 소리가 정적을 채웠다. 팩에 적힌 것은 이르슐 알파벳이어서 전혀 읽을 수는 없었지만 평범한 오렌지주스 맛이 났다.

레오는 주스를 쭉 빨아들여 한 번에 다 마시고는 팩을 구기며 물었다.

"정비에 약간 시간이 걸릴 것 같은데, 우리 인사라도 나눌까요?"

"그건 곤란한데. 자네의 여유로움이 시간을 벌어준 덕분에, 사실 우리끼리는 어제 통성명을 했단 말이야."

"시간을 벌어드려 뿌듯하군요."

레오의 대답에 헬렌이 껄껄 웃으며 말했다.

"출발이 밤이어서 다들 곯아떨어졌고, 아직 서로 이름밖에 모르긴 하지. 이런 장소에서 만나게 된 것도 다시없을 우연인데, 다들 어쩌다 이런 곳으로 오게 되었는지 궁금하군."

헬렌의 맞은편에 앉은 이시카와가 먼저 입을 열었다.

"이시카와 유지라고 합니다. 교토대에서 관광학을 연구하고 있는 대학원생입니다. 정확히는 다크 투어리즘의 장소들이 어떻게 비극의 장소에서 관광의 장소로 변형되는지를 주제로 연구 중입니다. 사흘간 잘 부탁드립니다."

유안은 어젯밤에도 그에게서 토씨 하나 틀리지 않은 첫인사를 들었던 기억이 났다. 이시카와는 키가 컸지만 마른 체격의 남자였다. 깍듯한 태도에 다소 어두운 표정, 과로에 시달린 직장인 같은 피로 쌓인 얼굴이 눈에 띄었다. 나이는 짐작하기 어려웠지만 많게 봐도 마흔을 넘기지는 않을 것 같았다. 주연이 이시카와에게 물었다.

"와, 관광학을 연구하시는 분은 처음 만나요. 그럼 이 투어에 온 것도 연구의 일환인가요?"

이시카와가 뻣뻣한 태도로 말했다.

"네, 그렇습니다만 대단한 기대는 없습니다. 여행지란 그 매력을 점차 다듬어가는 것이지, 날것 그대로의 여행지가 그 자체로서 매력적인 경우는 정말 드물거든요. 특히 이곳처럼 관광의 대상이 자연 풍경이 아닌 비극과 역사적 장소 그 자체인 경우는 더욱 그렇습니다. 그래도 이곳에 연구자로서 첫 방문을, 그 다듬어지지 않은 낯선 비극을 목격할 수 있다는 것 자체는…… 정말 제게도 큰 영광이죠."

이시카와는 주연이 자신의 말에 귀를 기울이는 것 같자 들뜬 것처럼 보였고, 30분쯤은 더 말을 이어가고 싶은 눈치였다. 하지만 예의상 관심을 보이는 주연 외에는 다들 별 반응이 없자 곧 입을 다물었다. 다음은 헬렌이었다.

"좋아. 난 헬렌 애커먼이라고 해. 아이오와주 출신이지. 지금껏 열 개의 직업을 거쳐왔고, 은퇴한 이후로 10년 정도 이런 종류의 여행을 즐겨왔어."

"이런 종류의 여행이라면, 어떤 겁니까?"

레오가 물었다.

"비극을 찾아가는 여행이랄까. 죽음과 심령현상과 사이비 종교, 타인의 고통을 탐험하는 것. 감옥과 공동묘지, 살인과 고문, 학대와 감금이 발생한 장소들. 그런 장소들이 나를 끌어들이지."

"다크 투어리스트군요. 왜 하필 그런 여행에 이끌리죠?"

"글쎄, 말 그대로 본능적인 이끌림이니 이유를 설명하기는 쉽지 않네만, 비극을 비극으로 잊어보려는 시도라고 할 수 있겠지. 10년 전 나는 결혼에 실패했고, 전남편과의 이혼 과정은 몹시 끔찍했거든. 나의 실패 따위는 아무것도 아니라는 증명이 필요했는데, 이후에 세계를 돌아다니며 알게 됐지. 인류의 역사는 끔찍한 실패로 점철되어 있고, 나의 비극은 비극 축에도 들지 못한다는 걸. 므레모사가 처음으로 외부에 개방된다는 소식을 듣고, 이게 내 인생에서 가장 짜릿한 일 중 하나가 될 거라고 확신했네. 너무 많은 사람이 다녀가면 비극은 희석되어버리는데, 나는 그 '다듬어진 비극'을 좋아하지 않아. 그런 의미에서 우리는 날것의 비극을 마주하게 된, 무척 운이 좋은 동지들이군."

다들 조용히 헬렌의 말을 듣고 있었다. 주연은 고개를 끄덕였고 이시카와는 날카로운 눈으로 헬렌을 쳐다보았다. 유안은 속으로 빨리 이 대화가 끝났으면 좋겠다는 생각을 하고 있었다.

"좋습니다. 그럼 그 운 좋은 동지 중 하나로서, 제 소개를 해보죠. 저는 레오라고 불러주세요."

레오가 미소 지으며 입을 열었다.

"빌바오에서 펍을 운영하다가 3년째에 홀딱 망하고 어쩌다 보니 여기로 흘러왔습니다. 방황의 시기가 몹시 길었죠. 제 인생의 얼마 안 되는 행운 전부를 이 투어 당첨에 써버린 것 같네요."

레오는 말을 할 때 손을 과장되게 많이 썼고, 출신지를 짐작하기 힘든 특이한 억양으로 말했다. 체격이 좋은 데다 이목구비가 뚜렷해서 어딜 가도 시선을 끌 것 같은 외모였다. 주연이 꽤 관심 어린 시선으로 레오를 보고 있었다.

다음은 탄이었다. 곱슬머리에 동그란 안경을 낀

탄은 나이가 무척 어려 보였다. 여전히 안색이 창백했고, 당장 토할 것 같은 표정을 짓고 있더니 겨우 입을 열어 짧은 소개를 했다.

"저는…… 태국에서 온 기자 탄입니다. 음, 지금 제가 속이 좋지 않아서."

유안은 밴이 출발하기 전에 유독 탄의 목소리로 밴이 시끄러웠던 것을 떠올렸다. 어젯밤 통성명을 할 때도 유난히 자기소개가 길었다. 그때 들은 바로 그는 종합 언론사 신입 기자로, 원래는 정치 사회부를 가려고 했으나 수습 기간에 '너무 싹이 좋아 보이는' 신입을 밟으려는 상사에게 찍혀서 원치 않던 여행 매거진으로 빠지게 되었고, 그래서 '연예인들만 쫓아다니기보다는' 대단한 걸 써보겠다며 므레모사 투어에 자원했으며, 이번 기회에 이르슐의 폭압과 므레모사 주민들의 비극을 널리 알리려고 한다는 긴 이야기를 늘어놓아 가이드의 눈총을 받았다. 그 짧은 시간에도 유안이 불필요한 내용을 기억하게 될 만큼 분명 허세가 심하고 말이 많은 타입이라고 생각했는데, 지금은 불쌍해 보일 정도로 표정이 굳어 있었다.

"그렇게 말을 많이 했으니, 멀미를 하는 것도 당연하지 않겠어."

헬렌이 키득 웃었다. 유안이 잠든 동안, 탄은 심한 멀미를 했던 모양이다. 다들 탄에게 말을 시켰다가 불상사가 벌어질 걸 걱정했는지, 더 묻지 않고 얼른 순서를 넘겼다.

다음은 탄의 옆에 앉은 유안 차례였다.

"유안이라고 합니다. 작은 회사를 운영하다가 지금은 쉬고 있어요."

"와, 망한 사업자의 고충을 나눌 수 있겠네요."

레오의 말에 유안은 눈을 잠시 맞추고 미소 짓고는 다시 고개를 돌렸다. 굳이 지금 여기서 대꾸해줄 생각은 없었다. 유안이 그대로 입을 다물자 순서는 유안의 맞은편에 있던 한국인 여자에게로 돌아갔다. 나이는 유안보다 어려 보였고, 약간 긴장한 듯한 태도였다.

"저는 강주연입니다. 한국에서 왔고요. 대학을 졸업한 지 얼마 안 됐어요. 그리고……."

그렇게 말하며 주연은 유안을 흘끔 보았는데, 유안이 한국인이라는 걸 지금 알아차린 것 같았다. 어제 통성명 자리는 어두워서 서로의 얼굴을 제대로 살필 수 없었다. 유안은 주연의 시선을 피했다. 주연은 머쓱한 듯 고개를 돌리고는 다시 입을 열었다. 긴장했는지 말을 많이 더듬었다.

"어, 저는…… 남동생이랑 같이 여행 유튜브 채널을 운영하고 있어요. 그걸 기반으로 여러 영상 콘텐츠도 제작해요. 이번 투어에 남동생과 둘 다 지원했는데, 저만 당첨이 됐어요."

"동생이 부러워했겠군요."

레오가 말했다.

"아, 맞아요. 동생이 부러워했어요. 하지만 저는 기쁘지 않았어요. 솔직히 여기 오고 싶지 않았거든요. 이런 곳에, 사실 어떤 위험들이 남아 있을지도 모르고…… 그렇잖아요. 이르슐에서 하는 말을 다 믿을 순 없으니까요. 전부 깨끗해졌다는 말 같은 거요."

주연이 무심코 그렇게 내뱉고는 멀찍이 있는 가이드의 눈치를 보더니 덧붙였다.

"그래서 남동생으로 바꾸고 싶었는데, 담당자가 절대 안 된다고 했어요. 괜히 남동생만 엄청 원망

했죠. 그렇다고 아예 취소하기엔 콘텐츠 제작자로서 너무 욕심이 나는 기회인 거예요. 무섭긴 하지만…… 포기할 순 없었고, 나름대로 최대한의 용기를 내서 여기에 온 거예요."

"이번 투어는 촬영이 완전히 금지되어 있는데, 어떻게 콘텐츠를 만들 거예요?"

유안이 물었다.

"어, 음. 그게 많은 분들의 오해인데…… 여행 콘텐츠라고 해서 현장 영상이 꼭 필요한 건 아니에요."

"그래요?"

"그냥 말만 잘해도 돼요. 영상에는 제 얼굴만 나오고요. 그래도 말만 잘하면 사람들은 다 재밌게 봐요. 운 좋게 영상 몰래 찍어서 조금만이라도 따다 넣을 수 있으면 더 좋고, 그게 안 되면 좀 과장을 섞어야겠죠. 다들 므레모사라고 하면 기대하는 그런 거 있잖아요. 마을 분위기가 얼마나 무섭고 섬뜩했는지, 주민들이 어떻게 걸었고 건물들이 얼마나 삭막했는지……. 아니면 진짜 사소한 얘기도 괜찮아요. 여기까지 오는 길에 천 번 꺾이는 꼬불

꼬불한 커브 길을 지나왔다든지…… 그런 것도 얘기만 재밌게 하면 충분히 분량은 나와요."

"글쎄, 아까 그 커브 길은 결코 사소하지 않던데."

헬렌이 말했다.

"아하하, 그렇죠. 사소하지 않았어요."

주연이 웃었다.

지나온 길이 끔찍하게도 많이 굽어지는 길이어서, 모두 멀미에 시달린 모양이었다. 밴 안에서 무슨 일이 벌어지는지도 모르고 한참을 깊게 자버린 유안은 조금 무안했다. 혹시나 다리의 통증이 찾아올까봐 출발 전에 약을 미리 충분히 먹어둔 것이었는데, 그 부작용으로 깊이 잠든 것 같았다.

짧은 대화를 나누는 사이 해가 완전히 떴다. 하늘은 여전히 약간 흐렸지만 당장 비가 올 것 같지는 않았다. 저 멀리서 밴을 한참 점검하던 운전기사가 쿵, 소리를 내며 보닛을 닫았고, 가이드가 다시 밝아진 표정으로 이쪽을 향해 뛰어오기 시작했다.

"출발할 시간인가 봅니다. 다들 멀미약 하나씩 드시고요."

레오가 자신의 옆에 앉은 핼쑥한 얼굴의 탄의 어깨를 툭툭 치며 말했다.

그때 모두 예상하지 못한 일이 벌어졌다. 탄이 황급히 자리에서 일어나며 비틀거리다가, 우웩, 하며 고개를 숙였다. 토사물이 테이블 위로 쏟아졌다.

"으악!"

이시카와가 펄쩍 뛰며 뒤로 물러났다.

불행히도 바로 옆에 있던 유안만이 참사를 피하지 못했다. 흙바닥으로 다 떨어져 모두가 그 생생한 혼합물을 볼 필요는 없게 되었지만, 하필 희생자가 된 유안은 축축해진 티셔츠를 붙잡고 약간 인상을 쓰며 일어났다. 냄새가 코를 찔렀다.

"어떡해요……. 괜찮아요?"

주연이 울상이 되어 다가왔다. 탄은 자신이 저지른 일에 당황해서 귓불이 붉어졌다. 다행이라고 해야 할지, 더러워진 것은 테이블과 유안의 티셔츠뿐이었다.

"지금 갈아입고 올게요. 별로 비싼 옷도 아니고."

침착하게 말하긴 했지만 어쨌든 유안도 빨리 문제를 해결하고 싶었다. 엉거주춤한 자세로 밴으로 걸어가니 가이드가 눈을 크게 떴다. 레오와 이시카와가 유안을 돕겠다는 듯 뒤따라왔다.

"저 위에 캐리어 내리는 것 좀 도와주실래요?"

유안이 부탁했다.

레오와 이시카와가 간이 발받침을 밟고 밴 위로 올라가 짐을 묶어두었던 밧줄을 풀었다. 여섯 명의 여행 짐을 다 싣다 보니 그 무게와 부피가 꽤 되었다. 레오가 가장 밑에 깔려 있던 유안의 빨간색 캐리어를 아래로 내려주었다. 유안이 캐리어를 열어 티셔츠를 찾는 동안, 레오가 어디서 가져왔는지 검은색 봉투와 동전을 내밀었다.

"고마워요. 동전은 왜요?"

"가보면 알 거예요."

휴게소 화장실 입구에는 동전을 넣어야 넘어갈 수 있는 출입 제한 레버가 있었다. 유안은 레오가 준 동전으로 열고 들어가 새 옷으로 갈아입고, 검은색 봉투에 토사물이 묻은 티셔츠를 그대로 구겨 넣었다. 몸을 대충 닦아낸 페이퍼 타월도 변기에

버리기에는 적절하지 않을 것 같아 봉투에 같이 넣었다. 어차피 비싼 옷도 아니니 여기 버리고 가는 게 나을 것 같았다.

옷을 얼른 갈아입고 나와 두리번거리며 버릴 곳을 찾다 휴게소의 좌판 앞까지 가서야 잔뜩 녹슨 쓰레기통을 하나 발견했다. 뚜껑을 열어 그 안에 버리려 하니, 갑자기 휴게소를 지키고 있던 괴팍한 노인이 소리를 마구 지르며 자리에서 일어섰다.

"여기다가 버리지 말라는 소리야. 왜 저러는지는 모르겠지만."

옆에 서 있던 헬렌이 통역했다. 휴게소의 노인은 계속해서 유안에게 험악한 표정을 지으며 손을 휘휘 저었다. 유안은 황당한 기분으로 뚜껑을 도로 닫았다. 쓰레기를 버리면 저 노인이 직접 처리해야 하니 귀찮아서 버리지 못하게 하는 건가? 아니면 다른 원칙이 있어서? 이유가 뭐가 됐든 노인을 무시할 수는 없었다. 유안은 봉투를 꽉 묶었다. 아까 나오기 전에 화장실에 버리고 올 걸 그랬나 싶었지만 화장실에도 이런 부피 있는 물건을 버릴 만한 쓰레기통은 없었다. 어차피 다시 들어가려면 동전도 필요하고……

유안은 처치 곤란인 검은색 봉투를 들고 밴으로 돌아왔다. 바닥에 눕혀진 유안의 캐리어 옆에 레오가 서 있었다.

"안에 버릴 데 없어요?"

"나와서 버리려고 했는데, 못 버리게 하네요."

레오는 유안을 향해 손짓했다.

"이쪽으로 줘요. 캐리어에 넣고 올릴게요."

레오가 왜 이렇게까지 자신을 도와주는 일에 열성인지 유안은 의아했지만, 거절할 이유도 없어 그가 검은 봉투를 낚아채 가는 것을 가만히 보고만 있었다. 유안의 옆으로 얼굴이 시뻘게진 탄이 다가와 고개를 숙였다. 본인도 제어하기 힘든 불상사였을 테니 별 수 없이 유안은 그냥 웃고 말았다.

캐리어를 밴 위에 올리고, 운전기사와 함께 줄까지 단단히 묶어 마무리한 레오가 발받침 위에서 땅 위로 탁 소리를 내며 뛰어내렸다. 조금 무안해진 유안이 말했다.

"……이렇게까지 도와주실 줄은 몰랐는데."

"돕고 살아야죠. 당신이 그대로 탔으면 우리 다 괴로웠을걸요?"

레오가 그렇게 말하며 하하 웃었다. 보기와는 달리 준비성이 철저한 사람 같았다. 지역 화폐 중에서도 최소 단위인 동전이나, 빨랫감을 담을 봉투 같은 것들을 그렇게 척척 꺼내 주는 것을 보면. 그럴 리가 없는데도 이곳에 이미 와봤던 사람 같은 능숙함도 보였다. 그러고 보니 밴 위에 실려 있던 것 중 레오의 네임 택이 붙은 캐리어는 유난히 컸다. 짧은 투어 일정에 조금 과하다 싶을 정도였다. 그전에 다른 여행을 길게 했을 수도 있겠지만.

정비를 마친 낡은 미니밴은 투어에 참가한 여행자들과 가이드, 그리고 운전기사로 자리가 꽉 찼다. 첫인상과 달리 기가 팍 죽은 탄이 유안의 바로 옆에, 맞은편 의자에는 레오가, 두 줄인 뒷좌석에는 주연과 헬렌, 이시카와가 타고 있었다. 유안은 아직 몸에서 불쾌한 냄새가 약간 나는 것 같았지만, 창문을 계속 열어두자 신경 쓰이지 않을 정도가 되었다.

장거리 이동에, 또 한바탕 가벼운 소동을 겪은

터라 다들 지쳤는지 조용히 눈을 감거나 창밖을 내다보고 있었다. 꼬불꼬불한 흙길을 따라 또다시 한참을 달려야 할 터였다. 가이드가 부스럭 소리를 내더니 열 개들이 멀미약을 좌석 뒤 레오에게 넘겼다.

"멀미약이니 다들 한 알씩 드세요. 물도 꼭 드시고요."

레오는 그중 하나를 찢어서는 유안에게 주었다. 유안은 멀미약을 받아 주머니에 넣고, 먹지는 않았다. 멀미약과 함께 나눠 받은 생수에는 이르슐 글자로 무언가가 쓰여 있었는데, 뒷좌석에서 휴대폰 번역기로 이르슐어를 번역해보려고 하던 주연이 투덜거렸다.

"이르슐어는 번역기가 잘 안 먹네요."

"워낙 폐쇄적인 나라니까 데이터가 안 쌓인 거지. 이런 곳에 올 때는 언어 공부를 하고 와야 해. 기계를 믿어서는 안 되고 말야."

헬렌의 목소리가 들려왔다. 유안은 흘러가는 대화 소리를 들으며, 몰려드는 졸음과 피로감을 느꼈다. 지난밤에 약을 너무 많이 먹은 걸까. 그래도 통증에 시달리지 않으려면 잠을 자는 편이 나았다. 또다시 악몽을 꿀지도 모르지만.

문득 유안은 눈을 감기 전에, 맞은편의 레오 역시 멀미약을 삼키지 않았다는 데 생각이 미쳤지만 이내 잊어버리고 말았다.

2

"여러분, 창밖을 보세요! 우리의 첫 번째 목적지 예요."

가이드의 말에 꾸벅꾸벅 졸던 여행자들이 깨어났다.

"여긴 지도에 없는 곳이랍니다. 구글 맵에서도 이 기지를 찾을 수 없어요. 렘차카, 이곳은 그만큼 오랜 세월 동안, 외부에 그 모습을 드러내지 않고 협곡 사이에 자신의 비밀을 숨겨왔습니다. 그리고 이제 여러분은 이곳에 도착한 첫 번째 손님이죠. 렘차카 특별 구역에 오신 걸 환영해요!"

가이드가 극적으로 소개했고, 주연이 와아, 호

응하며 밖을 보았다. 순식간에 생기가 돌아온 건 탄과 이시카와 역시 마찬가지였다. 이시카와는 수첩을 꺼내더니 희번덕거리는 눈빛으로 기지의 풍경을 스케치하기 시작했다.

유안은 눈가를 문지르며 굳어버린 어깨를 스트레칭하며 풀었다. 다른 사람들이 부산히 내릴 준비를 하는 동안 유안은 진통제 하나를 더 삼켰다. 특별 구역 투어를 하는 동안 다리가 잘 버텨주기를 바랄 뿐이었다.

가시철망 너머로 보이는 렘차카 특별 구역의 풍경은 축축하게 젖어 있었다. 구역 전체를 둘러싼 가시철망은 녹이 슬어 있었고 덩굴식물로 칭칭 감겨 오랫동안 방치된 것처럼 보였다. 밴에서 내리자 아까 휴게소에 멈췄을 때부터 느껴졌던, 공기 중의 오묘한 냄새가 감지되었다. 처음에는 불쾌한 냄새라고 생각했는데, 이곳에서 맡아보니 오히려 기분을 좋게 하는 은은한 단내 같기도 했다.

레오와 탄이 먼저 내렸고, 유안도 뒤이어 내렸다. 가이드와 운전기사가 함께 캐리어를 내려주었고, 여행자들은 배낭과 캐리어를 든 채 소지품을 검사하는 수색대 앞에 줄지어 섰다.

게이트 앞 남자들은 이르슐에서 파견된 보안국 직원으로, 몹시 긴장한 듯 표정이 굳어 있었다. 가이드는 가방과 외투, 전자 기기 등의 물건을 모두 컨베이어 벨트 위에 올려놓으라고 말했고, 다들 부산하게 지시를 따랐다. 가이드의 말이 끝나자마자 보안국 직원이 딱딱하게 덧붙였다.

"카메라는 안 됩니다. 절대 안 됩니다. 특별 구역 내에서 사용하면 추방 조치 됩니다."

한 명씩 캐리어와 배낭을 벨트에 올리며 소지품 검사를 받았다. 직원 한 명이 게이트를 지나는 여행자들의 휴대폰 카메라에 흉측한 테이프를 붙여서 촬영할 수 없게 막았다. 탄이 테이프 가장자리를 슬쩍 떼어보자 남자가 "손대지 마시오!" 하고 소리를 쳤다.

주연이 가장 먼저 게이트를 통과했다. 직원이 굳은 얼굴로 카메라를 가져가며 이건 나갈 때 돌려주겠다고 내뱉듯 말해 주연은 기분이 크게 상했다. 헬렌의 짐은 단출하고 잘 정돈되어 있었다. 여행에 익숙한 사람답게 모든 짐이 작은 파우치에

차곡차곡 들어 있는 데다 탐지기에 걸릴 만한 물건들은 따로 모여 있어서 직원은 헬렌의 짐을 빠르게 검사하고 통과시켰다.

다음은 유안 차례였다. 유안은 가져온 캐리어와 배낭을 차례로 올리고, 전자 기기를 꺼내고, 보안국 직원에게 다가가 영어로 말했다.

"저, 아마 미리 전달이 되었을 테지만……."

"나에게 가까이 오지 말고, 저 탐지기를 통과하시오."

수상한 사람을 대하듯 하는 직원의 말에 유안은 결국 손을 들어 올리고 탐지기를 통과했다. 아니나 다를까, 시끄러운 경고음이 울리기 시작했다.

"팔을 양쪽으로 벌려요."

위압적인 태도의 말에 기분이 좋지 않았지만, 이미 예상은 하고 있었다. 유안은 시키는 대로 자세를 취하고는, 당황한 듯 다가온 가이드에게 말했다.

"담당자에게 미리 전달 드린 줄 알았는데요. 제 서류 말이에요."

가이드는 눈을 동그랗게 뜨더니 당황했다. 유안

이 무슨 말을 하는지 이해하지 못하는 것 같았다. 직원 중 한 명이 탐지기로 유안의 몸을 훑으며 한 손으로 주머니와 다리를 만졌다. 또다시 경고음이 시끄럽게 울렸다. 유안은 침착하게 가이드를 향해 말했다.

"이메일을 열어봐요. 담당자가 제 인적 사항을 보냈을 거예요."

"아, 잠시만요!"

휴대폰을 들여다보던 가이드가 손을 휘적거리며 검문소 직원의 시선을 끌고는 이르슐어로 직원에게 무언가를 빠르게 설명하기 시작했다. 직원은 미간을 찌푸린 채로 가이드의 설명을 듣더니, 또 한 인상을 쓰며 유안 쪽을 돌아보았다. 다른 여행자들은 당황한 듯 상황을 지켜보았고, 이르슐어를 알아들은 헬렌 정도만이 상황을 이해한 듯 태연해 보였다. 레오는 마냥 흥미로워하는 표정이었다.

검문소 직원이 가이드를 향해 이르슐어로 무어라고 물었고, 가이드가 유안에게 통역했다.

"영어 말고 이르슐어로 된 증명서는 없냐고 하네요."

"배낭에 있어요. 제가 직접 꺼내도 될까요?"

탐지기를 들이대고 있던 직원이 손을 거뒀고, 유안은 가방에 넣어두었던 종이를 꺼냈다. 보안국 직원들은 서류를 읽더니 유안을 호기심 어린 시선으로 훑어보았다. 그러더니 가이드에게 또 한 마디를 건넸고, 가이드는 무척 당황한 기색으로 유안에게 말했다.

"저, 혹시…… 그걸 보여줄 수 있냐고 묻는데요."

"뭘요? 여기서요?"

당혹감에 유안의 표정이 굳었고, 가이드는 유안의 날카로운 반응을 보더니 화들짝 놀랐다.

"아, 잠시만요. 다시 이야기해볼게요"

유안은 가이드와 대화 중인 직원들을 노려보지 않으려고 애써야 했다. 대체 뭘 보이라는 말인가. 여기서 바지라도 접어 올려 금속 다리가 있다는 걸 내보이라고? 이 많은 사람들 앞에서? 불쾌한 일을 숱하게 겪어왔음에도, 유안은 이 노골적인 태도가 여전히 적응되지 않았다.

가이드가 다시 이야기를 하자 직원들은 더는 유

안에게 다리를 내보이라고 요구하지는 않았지만, 대신 유안의 캐리어와 배낭을 또다시 들쑤셔댔다. 유안은 불편한 기분으로 그들이 하는 양을 지켜보았다.

유안의 캐리어 구석에서 무언가 커다란 봉투를 발견한 직원이 부스럭거리며 봉투를 들어 올렸다.

"음, 그건 옷가지인데……."

유안의 흠칫하는 반응에 수상한 물건이라고 생각했는지 직원은 얼른 그것을 풀어 젖히고는, 곧이어 웩, 하는 소리를 내고는 코를 막았다. 가이드가 후다닥 옆으로 달려와서 설명했다. 탄이 그것의 정체를 깨달았는지 약간 얼굴이 빨개졌다. 더러워진 옷이라는 걸 알아챈 직원이 봉투를 그대로 다시 묶어놓고, 기분 상한 표정으로 유안을 통과시켜주었다. 건네받은 짐 중에 배낭은 메고 캐리어는 수레에 실었는데, 숙소로 따로 가져다줄 것이라고 했다.

바로 다음 자리에 서 있던 이시카와는, 직원이 그의 배낭을 거꾸로 뒤집어 수많은 책과 노트와 필기구를 벨트 위에 와르르 쏟아놓자 입을 꾹 다물고 불쾌하다는 듯한 표정을 지었다.

유안은 검문소를 빠져나왔다.

"괜찮으세요?"

주연이 걱정스러운 표정으로 다가왔다.

"별일 아니에요. 단순한 오해가 있었어요."

"으으, 저 사람들, 너무 무례해요. 아까 뭐라는 줄 알아요? 제 카메라를 압수하면서, 뭘 캐가려고 잘 쓰지도 못 할 것 같은 카메라를 가져왔냐는 거예요."

"수십 년간 꽁꽁 감춰뒀던 장소에 우리가 첫 손님이니 그럴 만도 하지."

헬렌의 말에 주연이 투덜거렸다.

"손님을 이렇게 대하는 곳은 처음 봐요. 우리가 돌아가서 므레모사 투어 따위 절대 가지 말라고 소문내면 어떡하려고 저럴까요?"

"글쎄, 이런 투어를 오려는 사람들 중에는 수색당하는 일에 짜릿함을 느끼는 변태 같은 놈들도 많을걸."

헬렌이 그렇게 말하며 키득댔다.

이시카와가 검문을 마치고 기다리는 여행자들

쪽에 인기척도 없이 다가와 합류했다. 이시카와에게 주연이 친근하게 말을 붙인답시고 "이렇게 보안이 엄격한 곳인데, 왜 갑자기 투어를 개방한 걸까요?" 하고 말문을 열었더니, 이르슐 정부와 관광사업, 독재에 가까운 체제와 그중에서 세간의 관심을 받는 므레모사 지역의 특수성에 대한 이시카와의 일장 연설이 이어졌다. 이시카와가 침을 튀겨가며 이르슐의 독재자 이야기를 해대는 통에 유안은 이곳이 외부와 고립된 지역이고, 시끄럽게 대화하면 저 보안국 직원들이 말소리를 모두 들을 수 있다는 점을, 그리고 직원 중 누군가는 분명 이시카와의 말을 다 이해하리라는 점을 지적해주고 싶었지만, 주연이 과도한 리액션을 해주는 탓에 이시카와의 아는 체는 끊이지 않았다.

마지막으로 검문을 받은 레오의 거대한 배낭에서는 장기 여행자 같은 물품이 많이 나왔다. 랜턴, 손전등, 캠핑 물품들. 그리고 엉뚱하게도 레오는 커다란 간식 박스를 같이 가져왔다. 직원들이 여전히 딱딱하게 굳은 얼굴로 박스 안의 물건들을 꺼내 살폈는데, 멀찍이서 보기에는 그저 평범한 비스킷이나 초콜릿처럼 보였다. 어쩐지 밴에서부터 여행자들에게 뭔가 간식거리를 자꾸 나눠주더라니, 그게 다 저 간식 박스에서 나온 것이었을까. 가이드와 직원이 뭐라고 이르슐어로 빠르게 대화하는 것이 들려왔고, 그 사이에 레오가 가이드를 향해 느긋하게 대꾸했는데 멀어서 잘 들리지 않았다. 이르슐어를 알아 듣는 헬렌이 말했다.

"레오가 자기가 다니는 교회에서 가져온 간식을 브레모사 주민들에게 나눠주고 싶다는군. 직원이 그건 안 된다고 딱 잘라 거절했고 말야. 여행자들에게도 이렇게 수색을 벌여대는 이르슐이 당연히 싫어할 거라고 예상을 못 한 건지, 다른 꿍꿍이가 있는 건지 모르겠네."

간식 박스를 압수해 가려는 검문소 직원과 레오 사이에서 약간의 소동이 벌어졌다. 그러더니 레오가 항복했다는 듯 양손을 과장되게 들어 올리고는, 갑자기 아까 유안에게도 건넸던 검은 봉투를 꺼내 박스 안의 간식을 마구 퍼 담더니 그것을 어깨에 짊어진 채로 게이트를 통과했다.

"저분은 대체 뭐 하는 사람일까요?"

주연이 유안에게 물었다. 이번에는 한국어였다. 유안은 한국어를 아예 모르는 척하려다가, 체념한 기분으로 대답했다.

"글쎄요. 좀 특이한 사람이긴 하죠."

"제 생각에는 그냥 좀 이상하신 분 같아요. 외모는 진짜 저 정도면 괜찮은데, 얼굴값을 좀 못 하는 쪽인가 봐요, 그죠? 잘생긴 남자들은 원래 하나씩 하자가 있더라고요."

주연의 말에 유안은 대꾸하지 않고 어깨를 으쓱했다. 헬렌이 한국어까지 하는 능력자가 아니기를 바랄 뿐이었다.

*

렘차카 특별 구역의 비밀은 오랫동안 봉인되어 있었다. 서쪽으로는 거대한 산맥을 등지고 있어 접근이 차단되어 있고, 동쪽으로 우회하여 진입하기 위해서는 반드시 여러 게이트를 통과해야 하는 군사 특별 구역. 고립된 지역에 위치한 공장과 연구소는 전쟁이 시작될 무렵 빠른 속도로 건설되어, 인근 원자력발전소로부터 어마어마한 전기를 끌어다 사용했다. 당시 전쟁 중이었던 이르슐이 이곳에서 무슨 일을 벌이는지에 대한 소문이 오블라협곡을 떠돌았지만, 그 소문들은 엄격히 단속되어 협곡 너머로는 퍼지지 않았다. 가까운 도시 델프스가 폭격당했을 때도 이곳에는 아무런 대피령도 경고도 없었을 정도로, 렘차카는 철저히 은폐되어 있었다. 전쟁이 끝나고 평화가 찾아온 이후에도 많은 이들이 렘차카에 남았고, 주둔하던 군인들의 수가 줄었을 뿐 게이트 안쪽의 비밀은 여전했다. 한동안 그것은 절대로 가시철망 너머로 퍼져 나가지 않을 것처럼 보였다.

2003년, 원인 불명의 화재가 렘차카의 공장과 연구소를 타격하기 전까지는 그랬다.

그날, 비상 사이렌이 귀청을 뚫을 것처럼 울리기 시작했다. 불길이 걷잡을 수 없이 퍼져 나갔다. 플랜트의 직원들이 다수 사망하고 렘차카는 혼란에 빠졌다. 화재의 잔불까지 전부 진압되는 데에는 한 달이 넘게 걸렸다. 그러나 특별 대피소의 천막에서 쪼그려 잠을 자던 렘차카의 주민들이 다시 돌아갈 준비를 할 때까지만 해도, 주민들뿐만 아니라 인근 소도시, 이르슐 당국, 그리고 인접 국가들 모두는 문제의 본격적인 시작이 그때부터라는 것을 알지 못했다.

통제할 수 없는 속도로 확산되기 시작한 유독성 화학물질들. 그 물질들은 바람을 타고, 구름을 형성하고, 비를 내리며, 렘차카 특별 구역과 인근 도시들과 농작지와 식수원을 광범위하게 초토화해 버렸다. 당국이 사람들을 대피시켜야 한다고 결정한 건 수돗물을 받아 마셨다가 이름 모를 질병에 걸려 죽어가는 사람들이 생기기 시작한 이후였다. 처음에는 렘차카 특별 구역이 출입 금지 구역으로 지정되었고, 다음에는 인근 소도시에 퇴거 권고가 내려졌다. 권고는 청유의 형태를 하고 있었지만 강압적이었다. 순식간에 수십 만 명이 살던 터전을 떠나야 했고, 렘차카와 인근 산맥은 완전한 출입 금지 구역이 되었으며, 죽음의 땅, 인간이 밟을 수 없는 지역이 되었다.

"전언은 당장 이곳을 떠나야 한다는 것, 그렇지 않으면 '처벌'될지도 모른다는 것뿐이었죠. 그야말로 이르슐다운 방식이었답니다."

이제 추모기념관으로 변한 렘차카의 행정사무소 앞에서, 가이드가 경쾌하게 말했다. 유안은 그제야 가이드가 어느 지역 출신인지, 무슨 생각으로 이곳 가이드를 맡고 있는지 궁금해졌다.

가시철망 안쪽은 텅 빈 유령도시처럼 보였다. 섬뜩할 정도로 사람이 보이지 않았다. 한때 군사구역이었던 장소답게 건물들은 모두 낮았고 똑같은 규격을 한 채, 똑같은 간격으로 놓여 있었다. 레고블록으로 조립한 도시 같았다.

"제법 큰 규모였죠. 이쪽은 식당가, 이쪽은 숙소, 그리고 저쪽에는 그럴듯한 상점들과 옷가게, 식료품점이 있었어요. 잘 찾아보면 오락실도, 결혼식장도 있답니다. 이래 봬도 사람이 많았을 때는 거의 2만 명에 가까운 사람들이 살던 소도시와도 같았으니까요. 그러나 화재 이후 사람들이 떠난 이후로, 10여 년 전 군인들이 이곳을 대청소하기 전까지, 이곳은 쓰레기로 뒤덮인 상태였어요. 저들끼리 엉켜 썩어가는 동물 사체들, 신원을 알 수 없는 유골, 주민들이 도망치면서 버리고 간 물건들로 엉망이었죠. 아마도 이런 유령도시에서 귀중품을 약탈해보겠다고 찾아온 침입자들이 도시를 온통 헤집어놔서 더 엉망진창이 됐을 거예요. 그 당시의 기록이……."

가이드가 행정사무소의 외벽을 가리켰다.

"여기에 걸려 있네요."

최근에 걸었을 텐데도 묘하게 색이 바랜 듯한 사진들이었다. 사진 속의 렘차카 특별 구역은 굳이 그 정체를 알고 싶지 않은 쓰레기들과 사체로 뒤덮여 있었고, 제복을 입은, 군인들로 추정되는 사람들이 그것들을 퍼 나르는 것처럼 보였다.

"지금 기념관 안에는 들어가볼 수 없습니까?"

이시카와의 질문에 가이드가 고개를 저었다.

"아쉽지만 기념관은 아직 정비 중이랍니다. 두 달 뒤에 정식 개관할 예정이에요. 브레모사 주민들을 기념관 직원으로 고용해서, 지역 경제에 도움이 되도록 할 거랍니다."

"지금 미리 내부를 살펴보면 제가 전문가로서 조언해드릴 수 있을 텐데요. 기념관 전시 연구를 수행한 적이 있어서요."

"하하, 그거 좋네요. 하지만 지금은 좀 곤란한 게……."

가이드가 목소리를 살짝 낮춰 말했다.

"덜 정비된 공간에는 뭐가 있는지 우리도 잘 모르거든요. 워낙 오랫동안 방치되어 있던 구역이어서 말이에요."

다들 그것을 농담으로 받아들였는지, 가이드를 따라 웃으며 자리를 옮겼다. 탄만이 의심스러운 표정으로 기념관의 창문 안쪽을 집요하게 들여다보았다. 유안도 슬쩍 창문 너머를 보았지만, 불이 모두 꺼져 있어 아무것도 보이지 않았다.

행정사무소는 렘차카 특별 구역의 가장 중앙에, 사방으로 널찍하게 길이 뻗은 장소에 있어서 전체 정경이 눈에 잘 들어왔다.

"꼭 대학 교정 같군. 건물들이 다 비슷한 것도, 기숙사들이 오밀조밀 모여 있는 것도 말이야."

헬렌의 말에 유안은 고개를 끄덕였다. 교정보다는 훨씬 넓고, 모든 건물이 휑한 느낌이 들 정도로 떨어져 있지만, 분명히 닮은 구석이 있었다. 이곳에 수만 명의 사람이 살던 때에는 대학 교정처럼 활기도 넘쳤으리라는 생각이 들었다.

렘차카는 걸어서 이동하기에는 규모가 상당히 컸다. 행정사무소와 상점 구역, 그리고 1980년대의 수입산 아케이드 게임들이 그대로 놓여 있는 오락실 구경을 마치자 밴이 여행자들을 태우러 안쪽으로 들어왔다. 운전기사는 아까 보았던 익숙한 얼굴이었지만, 밴은 렘차카 내부에서만 사용되는 다른 차종 같았다. 10분쯤 달려 다른 구역에 도착했을 때는 해가 서서히 지고 있었다.

"이건 '불멸의 나무'라는 이름이 붙었답니다."

가이드가 밴에서 내리는 여행자들을 향해 말했다. 사람들의 시선이 그쪽으로 향했다. 규모가 꽤 크고 드물게 불이 켜져 있는 건물 옆으로, 키가 크고 새까만 나무가 단출하게 서 있었다.

"화재에 직격으로 휘말렸는데도, 이상하게 이 나무만큼은 불타버리지 않았거든요. 이곳 렘차카에서는, 이런 나무들이 중요한 의미를 지니고 있어요. 부서지지 않는 희망의 상징과도 같으니까요."

가이드의 말에 주연이 감탄사를 내뱉으며 나무를 살폈다. 나무는 재로 부스러지지 않고 여전히 단단하게 서 있었다. 가이드가 손전등을 나무둥치에 비추었고, 어린아이 키 정도 되는 곳에 칼로 새긴 듯한 글자들이 있었다. 이르슐 문자는 읽기 어려웠지만, 아래로 써 내려간 글자들이 빼곡히 뒤덮여 마치 나무껍질의 일부가 된 것 같은 형상을 하고 있었다. 유안은 불길한 기분이 들었다.

불멸의 나무가 장승처럼 지키고 선 3층 건물이 바로 오늘 여행자들이 머물 숙소였다. 한때 이 지역에 파견된 구호단체의 직원들이나 이르슐 군인들이 사용하던 숙소를 개조해 여행객용으로 만들었다고 했다. 문 앞에는 또 다른 보안국 직원들이 아까 검문을 통과한 짐을 수레에서 내리고 있었다.

"언니, 또 우리 몰래 한 번 더 뒤져본 건 아니겠죠?"

주연이 불안한 듯 한국어로 속닥거렸다.

밖에서 올려다보니 숙소는 2층과 3층이 객실인 것 같았고 객실마다 발코니가 딸려 있었다. 두 개의 방에 하나의 발코니가 연결된 구조에, 난간으로만 구분되어 있어서 마음먹으면 얼마든지 다른 방으로 넘어갈 수 있을 것 같았다. 이곳에 온 인원에 비해 숙소는 매우 넉넉해서, 1인 1실로 배정하고도 방이 많이 남았다. 유안은 레오와 이시카와의 사이 방을 배정받았다. 가이드는 열쇠와 샌드위치를 하나씩 나누어주며 말했다.

"일찍 주무세요. 내일은 드디어 여러분의 진짜 목적지, 므레모사로 가니까요. 문제가 있으면, 언제든 1층 제 방을 찾아오시고요. 복도 끝 방이랍니다."

가이드는 그렇게 말하며 한 명씩 눈을 마주치고 인사했다. 돌아서 문으로 들어서는 순간, 이상하게도 유안은 오른쪽 다리에 극심한 통증을 느꼈다. 그러나 유안의 표정 하나도 변하지 않았으므로, 아무도 그것을 알아차리지 못했다.

3

　마지막 순서로 짐을 건네받고 2층으로 올라가려던 유안은 엘리베이터 앞에서 주연에게 붙잡혔다.

　"저, 다들 헬렌 방에 모이기로 했어요. 그냥 잠들기는 아쉽잖아요. 언니도 오실 거죠?"

　유안은 그 제안이 탐탁잖았지만, 주연은 친근한 말투로 "에이, 우리 잠깐만 얘기 나눠요. 이렇게 만난 것도 인연인데" 하고 유안의 캐리어까지 직접 나서서 끌면서 헬렌의 방문을 밀어줬다. 그렇게 처음 확인한 숙소 내부는 이르술에서 묵었던 다른 호텔에 비해 생각보다 괜찮았고, 방 안에 더블

베드와 텔레비전, 소파, 1인용 안락의자, 테이블이 모두 갖춰져 있었다.

이시카와 탄이 이미 소파를 차지한 상태였고, 헬렌은 안락의자를 당겨 와 앉았다. 유안은 침대에 앉으라는 말을 정중히 거절하고 테이블 앞 카펫 위에 앉았다. 테이블 위에는 레오의 간식 박스에서 얻어 온 듯한 비스킷과 팩 주스가 잔뜩 쌓여 있었는데, 이상하게도 정작 레오는 보이지 않았다. 레오의 비스킷 포장지는 정말로 교회에서 가져온 것인지, 십자가가 그려진 휘장이 스티커로 붙어 있었다.

"그런데 솔직히 말하자면, 오늘은 기대에 못 미치지 않던가요?"

화두를 던진 건 탄이었다. 탄의 말에 주연이 호들갑을 떨며 맞장구쳤다.

"맞아요, 맞아요! 저만 그 생각한 게 아니었군요. 콘텐츠를 만들려고 했는데 그럴 거리가 너무 없더라고요. 오늘 둘러본 렘차카 특별 구역도 그냥…… 한때 비극을 겪은 유령도시 정도? 그닥 인상적이지 않았어요."

이시카와가 거들었다.

"제가 연구 차원에서 돌아보았던 다른 투어에 비해서도 크게 눈에 띄는 점은 없었습니다. 교육적인 목적이라고 하기에는 사건 자체를 여전히 은폐하려는 태도가 보이고, 그렇다고 오락적이거나 흥미를 유도할 수 있는 무언가가 있는 것도 아니고요. 자극적인 투어가 좋다는 것은 아니지만, 자극적인 요소조차 없다면 이 먼 곳까지 찾아올 여행자는 아마 없을 겁니다."

"내 생각도 그래. 너무 평범한 곳이지. 그런데 그거 아나? 비극의 장소라는 것이 실상은 다 평범하다네."

헬렌이 말했다.

"그리고 이번 투어의 진짜 목적지는 내일 우리가 갈 장소지."

잠시 침묵이 흘렀다. 유안은 조용히 여행자들의 반응을 살폈다. 주연은 갑자기 무슨 생각을 하는지 입을 굳게 다물고 바닥을 쳐다보고 있었다. 비스킷을 하나 뜯어서 와그작 깨물면서도 표정이 매우 심각한 탄과, 수첩을 펼쳐 들고는 무언가 생각에 잠긴 듯한 이시카와의 표정이 보였다.

"아, 그런데요…… 혹시 다들, 진짜 그 소문을 믿으세요?"

침묵을 깬 건 주연이었다. 짧은 정적 끝에, 탄이 비스킷을 다 삼키지 않은 채로 웅얼거리며 물었다.

"귀환자들에 대한 소문요?"

"어, 네. 맞아요. 바로 아시네요. 그러니까…… 그 말을 정말로 그대로 믿는 건 아니지만, 그렇지만…… 소문이 정말 아무 근거 없이 생기지는 않았을 것 같아서요."

그 소문이 이 외진 마을의 첫 투어에 수많은 사람들의 이목이 쏠린 이유였다. 끔찍한 비극 이후에도, 기이하게도 이 죽음의 땅으로 돌아온 사람들이 있었다는 것. 므레모사는 그 귀환자들의 마을이라는 것. 그리고 그들이 돌아와야만 했던 이유는, 다름 아니라 귀환자들의 신체가 좀비처럼 끔찍하게 변이되었기 때문이라는 소문이 있었다. 이르슐은 귀환자들이 겪는 치명적인 후유증과 마을 므레모사의 존재를 외부에 숨겨왔고, 그럼에도 국제 구호기관과 원조단체들이 귀환자들을 위해 물자를 지원하고 봉사자를 파견했다. 그 모든 관심과 논쟁에도 불구하고 지금까지 귀환자들의 모습을 드러내지 않던 므레모사에서, 처음으로 바깥의 여행자들을 받아들이겠다고 한 것이다.

탄이 말했다.

"다들 어느 정도는 믿고 온 거 아닙니까? 그렇지 않고서야 이런 무시무시한 곳을 제 발로 찾아올 이유는 없지 않나요. 일단 정말 그 말이 맞다면, 특종이잖아요. 수십 년간 감추어져온 좀비 마을의 실체! 이렇게 자극적으로 제목을 뽑을 수도 있고, 아니면 비극에 초점을 맞출 수도 있죠. 오랜 세월 누구도 위로하지 못한 '좀비'들의 고통……. 어느 쪽이든 실상이 알려지면 난리가 나겠죠. 우리는 첫 증언자가 되는 거고요. 솔직히 말하면, 그걸 기대하지 않고 온 사람이 여기에 있나요?"

"저는 그런 기대를 하지 않고 왔습니다."

이시카와의 대답이었다. 탄이 어깨를 으쓱이며 물었다.

"왜요?"

"귀환자들의 마을은 평범할 겁니다. 제가 가본 귀환자들의 마을 대부분이 그랬으니까요. 체르노빌도, 후쿠시마도 그랬습니다. 애초에 므레모사도 완전히 폐쇄된 장소만은 아니었습니다. 적어도 수십 년간 많은 원조 단체들이 접촉을 시도해왔던 건 분명합니다. 자극적으로 보도할 거리가 있었으면, 이르슐의 독재 정부를 비판하거나 대규모의 구호자금을 모으기 위해서라도 몰래 찍은 수십, 수백 장의 사진이 퍼져 나갔을 겁니다."

"굶주리는 아이들을 최대한 불쌍하게 찍어 내보내는 것처럼요?"

주연이 물었다.

"그렇습니다. 도움의 손길을 모으기에 말초적 감각을 자극하는 것만큼 좋은 건 없으니까요."

이시카와가 대답했다.

"실제로도 이시카와 씨의 말이 맞을 가능성이 크지."

헬렌이 고개를 끄덕이며 말했다.

"현지의 자극성이란, 대개 만들어진 자극성이거든. 아무리 비극의 장소라고 해도 그곳에서 살아가는 사람들의 삶 자체가 자극적이기란 쉽지 않지. 먹고, 자고, 생활하는 것에 무슨 자극성이 있겠어? 그런데 이 렘차카를 둘러보니, 아직 므레모사에 살고 있다는 그들은 자신들의 삶을 자극적으로 포장할 요령을 익히지 못한 듯해. 이렇게만 해서는 곤란하다는 걸 언젠가 깨닫게 되겠지만."

"제가 정말 궁금한 건 말이에요."

탄이 끼어들었다.

"므레모사를 왜 이제 와서, 그 오랜 시간이 지난 지금에서야 개방하게 되었냐는 거예요. 수상하지 않습니까? 무슨 꿍꿍이가 있는 걸까요?"

"당연히 돈을 벌기 위해서겠지. 귀환자들이 제대로 된 경제활동을 하지 못하는 상황이잖아. 그렇다고 외부 원조로만 지속하기에는 한계가 있을 것이고, 이르슐 당국에서도 일방적인 지원을 하는 것에 불만이 많겠지."

헬렌의 말이었다.

"하지만…… 그렇게 말하기에는, 무슨 수로 돈을 벌죠?"

탄이 되물었다.

"다음부터 투어비를 비싸게 받을 수도 있겠죠. 우린 특수한 이벤트에 당첨되어 온 건데도, 2박 3일 일정에 1천 달러를 냈잖습니까. 당분간 훨씬 높은 비용을 받는다고 해도 참가할 사람이 줄을 설 겁니다."

이시카와가 말했다.

"저, 한 가지 더 궁금한 게 있는데요. 이건 그냥 되게 사소한 궁금증인데."

주연이 새로운 화제를 꺼냈다.

"다들 그 사이트 접속, 어떻게 성공하셨어요?"

주연은 구체적으로 묻지 않았다. 하지만 다들 주연이 무슨 이야기를 하는 것인지 눈치챈 것 같았다.

므레모사 투어는 처음 신청을 받는 과정부터 잡음이 많았다. 사전 예고만으로 엄청난 관심을 끌었던 므레모사 투어는, 신청 당일 접속자 폭주로 웹사이트가 터져버렸다. 누군가 비정상적인 접속을 시도하며 서버에 과부하를 주었고, 한동안 서버는 복구되지 않았다. 그런데 신청이 재개되기를 기다리던 대부분의 사람들은 엉뚱하게도 이미 투어 모집이 마감되었다는 메시지를 며칠 뒤에 발견했다. 성공한 사람들은 대부분 정석적인 방법이 아닌 '우회로'를 찾아낸 사람들이었다. 직접 우회 링크를 찾아내든, 혹은 다른 사람들에게 전달받든. 그 사실이 알려졌는데도 당국에서는 추첨을 철회하지 않고 그대로 진행한다고 공지를 내걸어 사람들의 빈축을 샀다.

주연이 누가 들으면 안 되는 이야기처럼 목소리를 죽여서 말했다.

"솔직히 말하면, 저는 동생이 구독자에게 받은 링크를 보내줬어요. 그 링크를 알고 있는 사람은 거의 없었거든요."

"저도 비슷합니다."

"저도요. 지인에게 얻었어요."

이시카와와 탄이 차례로 수긍했다. 헬렌은 고개를 끄덕였고 유안은 입을 다물고 있었다. 주연이 유안을 흘끗 보더니 고개를 돌리고 말을 이었다.

"정말 이상하지 않아요? 이렇게 우리만 당첨된 거 말이에요. 무작위로 추첨하면 이런 구성이 나오는 게 불가능하잖아요. 여행 콘텐츠 제작자, 여

행 매거진 기자, 관광학 연구자, 다크 투어리스트
라니. 우회 링크를 막지 않은 것도 이상해요. 마치
그 링크를 보내야만 했던, 그런 대상자들이 있었
던 것 같아요."

"글쎄, 우리 중 네 명은 말하자면 '관련자'가 맞
지만, 그럼 유안과 레오는 어떻게 설명할 건가? 그
둘은 여행 산업 종사자도 아닌데. 그저 관심 있는
사람들이 더 많이 신청했을 가능성도 있지."

헬렌이 말했다.

주연이 고개를 저으며 말했다.

"사람을 일부러 골라 뽑은 거라는 가정이 맞다
면요. 저는 유안 씨가 왜 선정되었는지 알 것 같아
요. 레오 씨는 왜인지 모르겠지만, 유안 씨는 확실
히요."

"그래? 그걸 어떻게 알지?"

헬렌이 의아한 듯 물었다.

"유안 씨, 한국에서 많이 유명한 무용수예요. 관
련 종사자가 아니어도 충분히 화제가 될 만해요.
브레모사에 다녀왔다고 이야기하면요."

"유명 인사였군? 사업가라더니."

"저도 놀랐어요. 익숙한 얼굴에 이름도 같아서 혹시나 했는데, 제가 방송에서 본 그분이 맞더라고요. 유안 씨, 정말 멋진 분이에요. 지금도 많은 분들에게 감명을 주시고요. 일부러 골라서라도 초청할 만하죠."

순식간에 사람들의 시선이 유안을 향했다. 아무래도 그 눈빛들이, 다들 그냥 넘어갈 기세는 아니었다. 유안은 떨떠름한 기분으로 입을 열었다.

"사업을 했던 건 맞아요. 무용 컴퍼니를 운영했어요. 아무래도 일이 일이다 보니까, 미디어나 엔터테인먼트 쪽과 연이 있어서…… 어쩌다 얼굴이 조금 알려진 거예요."

"무용수였던 겁니까?"

탄이 물었다.

"네. 그러기도 했었죠."

유안이 모호하게 대답했다.

헬렌이 노골적인 호기심을 보이며 유안의 몸을 훑어보았다.

"어쩐지 비쩍 말랐는데 자세가 꼿꼿하더군. 보통 사람 같지는 않아서 취미로 발레라도 했나 했지. 그런데 직업 무용수라니."

헬렌은 더 캐묻고 싶은 눈치였지만, 유안은 대꾸하지 않았다. 유안이 고집스레 입을 다물고 있는 동안 대화는 다른 방향으로 흘러갔다. 탄이 므레모사에 대해 조사해온 온갖 수상한 음모론을 늘어놓고 이시카와가 그것을 반박하는 대화가 이어졌고, 주연은 고개를 끄덕이며 들으면서도, 줄곧 흘끔거리며 유안의 눈치를 봤다.

"자, 너무 늦어졌군. 못다 한 이야기는 내일 마저 하기로 하지."

헬렌이 그렇게 말하면서 여행자들의 대화는 일단락되었다.

다들 짐을 챙겨 자리에서 일어났다. 유안이 가장 먼저 캐리어를 끌고 문을 열고 나서는데, 주연이 복도로 뒤따라 나오는 것이 보였다.

"언니, 혹시 제가 알아본 게 불편하셨어요?"

"음, 뭐…… 어쩌겠어요. 일부러 그런 것도 아니고요."

유안이 무덤덤하게 말하자 주연은 웃었다.

"저 사실 언니 방송 나온 거 보면서 되게 많이

울었거든요. 그날 언니 소셜 미디어도 다 찾아봤
다고요. 여기서 언니를 만날 줄 몰랐어요. 지금 여
기 온 것도 그냥 평범한 여행 아니죠? 나중에 제
채널에도 꼭 나와주셔야 해요. 이것도 진짜 특별
한 인연인데."

그 방송에는 나가지 말걸. 뒤늦게 후회했지만,
그때 치른 작은 유명세가 지금까지의 삶을 조금
더 편하게 해주었다는 것 자체에는 유안도 이견이
없었다. 빨리 이 자리를 떠나고 싶었지만, 주연은
그런 유안의 기분 따위 아랑곳하지 않고 말을 이
었다.

"제가 도와드려야 할 거 있으면, 편하게 말해주
세요. 다리 아프거나 걷기 힘드시면요. 지금 여자
가 언니랑 저랑 헬렌, 이렇게 셋뿐인데, 여자들끼
리 꽉꽉 도와야죠."

유안이 뭐라고 대답해야 할지 망설이는 사이,
주연이 상쾌한 목소리로 말을 이었다.

"사실은 알 것 같아요. 언니는 므레모사의 귀환
자들을 만나러 온 거죠? 죽음의 땅에서도 다시 꿋
꿋이 살아가는, 희망을 가지고 삶을 추구하는 사

람들……. 정말로 좀비처럼 변했어도 뭐 어때요. 그럼에도 불구하고 살아간다는 게 중요한 거잖아요. 분명 우리가 귀환자들에게 배울 게 있을 거예요. 반대로 언니가 그 사람들에게 영감이 될지도 모르고요. 아, 언니랑 그런 인터뷰 할 생각하니까 벌써 너무 두근거리는 거 있죠?"

유안은 주연의 말에 대답하지 않고 그저 웃어 보였다. 여행은 아직 이틀이 더 남았는데, 벌써 에너지가 다 소진된 기분이었다.

*

객실로 오니 밤 열 시가 되어 있었다. 가이드에게 방 열쇠를 받았지만, 열쇠를 끼우지 않고도 문은 그냥 열렸다. 방에 들어서는 순간 유안은 무언가 이상한 느낌을 받았다. 누군가 이 방에 들렀다 간 것만 같은, 바닥의 카펫의 결이나 살짝 삐져나온 침대 시트와 같은 흔적들. 유안은 제대로 찾아온 것이 맞는지, 열쇠에 적힌 방 번호를 다시 확인했다. 숙박객을 받는 것이 처음이어서 방 정리가 제대로 안 된 걸까?

조금 당황스러웠지만 유안은 고개를 저어 그 기분을 떨쳤다. 누군가 다녀갔다면 청소를 맡은 직원 정도겠거니 싶었다. 군이 여행자의 방에, 큰돈이나 귀금속을 가져올 리도 없는 사람의 방에 의도를 가지고 침입했을 것 같지는 않았다.

캐리어와 배낭을 바닥에 내려놓자, 오른쪽 다리에 온종일 축적된 피로가 느껴졌다. 사람들과 함께 있으면 늘 제대로 걷기 위해 긴장하고, 그 긴장은 통증으로 이어진다. 그걸 알면서도 이런 투어에 무리해서 오겠다고 한 건 결국 유안의 선택이었다. 하지만 누가 자신을 알아보는 상황까지 예상한 건 아니었는데⋯⋯. 유안은 작게 욕을 내뱉으며 의족을 분리해 테이블 위에 올려놓았다.

허벅지 중간쯤에서 뭉뚝하게 잘린 원래의 다리와, 복잡한 부품들의 단면이 드러난 결합 부위가 보였다. 세척제를 솜에 묻혀서 허벅지를 닦아냈다. 피가 배어 나왔다. 옷을 벗고, 금속으로 된 간이 지지대를 길게 펼쳐서 다리 대신 달고, 욕실에서 간단히 몸을 씻어냈다.

온몸의 감각이 예민해지고 있었다. 유안은 진통제를 입에 털어 넣고 물을 마셨다.

소파에 앉아 잠시 숨을 돌린 뒤에야, 아직 손도 대지 않은 짐이 눈에 들어왔다. 한국에서부터 며칠에 걸쳐 여러 나라를 경유해 이르슐로 입국했던 터라 짐이 많았다. 그러고 보니 낮에 탄에게 봉변을 당했던 티셔츠가 뒤늦게 생각났다. 휴게소에는 버릴 수 없었지만 여기서라도 처리해야겠다는 생각이 들어서, 유안은 방을 둘러보다 테이블 아래에 있는 작은 쓰레기통을 발견했다.

캐리어를 열어 검은 봉투를 꺼냈다. 그런데 이상하게도 티셔츠 하나라고 하기에는 봉투가 묵직했다. 설마, 안에 뭐가 더 들어 있나?

유안은 묶여 있던 봉투를 풀어보았다. 토사물 냄새가 훅 끼쳐왔다.

그리고…… 유안의 것이 아닌 무언가가 안에 같이 들어 있었다.

셔츠?

또 다른 옷가지가, 남자의 옷처럼 보이는 큰 사이즈의 셔츠가 안에 있었다. 그것은 고이 접혀 있

는 것이 아니라 보자기처럼 무언가를 감싸고 있었
다.

이게 대체 뭘까.

유안은 역겨운 냄새가 나는, 그러나 토사물 옷
가지와 함께 버려지기에는 지나치게 깨끗한 셔츠
를 테이블 위에 펼쳤다. 툭, 소리를 내며 그 셔츠가
감싸고 있던 무언가가 바닥으로 떨어졌다. 유안은
그것을 집어 올렸다.

이건…… 누가 이걸 넣었지?

유안은 그것을 소파 테이블 위에 올렸다. 캐리
어를 열어 의족 수리 키트가 들어 있는 파우치를
꺼냈다. 그 안에 나이프가 있었다. 유안은 나이프
를 주머니에 넣고, 간이 지지대에 체중을 싣고 발
을 질질 끌며 발코니를 향해 다가갔다.

심장이 쿵쿵 뛰고 있었다.

문턱을 넘어 발코니로 나갔을 때, 유안은 가장
먼저 차가워진 밤 공기를 느꼈다. 사방이 어두웠
고 불빛은 아래층 로비에서 새어 나오는 전등불뿐
이었다. 동시에 어디선가 새 소리, 들개의 울음소
리가 들려왔다.

"좀 쉬지 그래요. 많이 피곤해 보이던데."

소리를 지르고 싶었지만 겨우 정신을 차린 유안은 인기척도 없이 불쑥 말을 걸어온 남자를 마주 보았다. 난간 하나로 분리된 옆 객실의 발코니에 레오가 서 있었다. 난간은 허리 높이로 낮아서 충분히 넘어올 수 있을 것 같았다.

"왜 여기에 있는 거죠?"

"그건 제가 묻고 싶네요. 쉬지 않고 왜 나왔어요?"

레오는 능글맞은 얼굴로 유안을 향해 물었다. 그가 언제부터 이 발코니에 서 있었는지, 난간을 넘어올 생각이 있었던 것인지 유안은 알 수 없었다. 문득 의족을 착용하고 나왔어야 했다는 생각이 뒤늦게 들었다. 간이 지지대로 겨우 몸을 지탱하고 있는 이 상태로는 제대로 도망칠 수도, 스스로를 방어할 수도 없었다. 나이프가 다 무슨 소용이겠는가. 레오의 시선이 잠시 유안의 다리에 머물렀지만, 보통의 사람들이라면 흠칫하기라도 했을 텐데 그에게는 전혀 놀란 기색이 없었다.

"내 다리를 보고도 놀라지 않는군요."

"그게 놀랄 일인가요?"

"언제부터 알고 있었죠?"

"밴에서 내리는 걸 봤을 때. 그리고 절벽에서
요."

"알면서도 그렇게 나오다니, 정말 비겁하네요."

유안의 말에 레오는 모르는 일이라는 듯이 눈을
깜빡였다. 유안은 그의 얼굴에 침을 뱉고 싶은 마
음을 꾹 누르고 물었다.

"당신은 마약 운반책인가요?"

"마약이요? 하하."

"내가 아는 마약처럼 생기진 않았더군요. 하지
만 그게 의미는 없겠죠. 내가 마약을 잘 아는 건 아
니니까. 어쨌든 분명한 건 당신이 숨겨야 하는 무
언가를 나에게 몰래 숨겨서 밀반입했고, 그건 내
약점을 이용한 거였다는 거예요. 내 금속 다리 때
문에 오히려 검문을 피해 갈 수 있으리라고 믿은
거겠죠? 내 목숨도 거기 걸려 있었어요. 검문소에
서 걸렸다면, 보안국 직원들이 날 가만 놔뒀을 리
없으니까요. 당신은 모른 척 했을 테고."

"전…… 오해 마세요. 당신의 매력적인 다리가

약점이라고 생각했던 적은 한 번도 없어요. 그냥 저는 유안 씨가 잠시 저를 도와줄 수 있을 거라고 생각했던 겁니다. 어쨌든 결과적으로 내 예상은 틀렸고, 그 때문에 더 의심을 샀잖아요? 그러니 날 도와준 건 오히려 탄 쪽이라고 해야 하나."

"정신 나간 소리를 하고 있군요."

"맞아요. 그런데 왜 내려가서 당장 나를 신고하지 않죠?"

레오가 씩 웃으며 물었다. 유안은 그를 빤히 마주 보았다.

"유안, 왜 밖으로 나가지 않고 발코니로 온 건가요? 혹시 내가 여기 있을 거라고 짐작했나요? 내가 보기엔, 당신도 이미……."

레오가 난간 너머로 얼굴을 가까이하며 말했다.

"목숨을 아까워하지 않는 걸로 보이는군요. 그 이유는 모르겠지만."

"마약쟁이의 사고방식으로 상황을 왜곡하지 마시죠."

"그건 마약이 아니에요. 유안. 내가 타이밍 좋게 당신에게서 그걸 도로 가져오지 못해서, 곤란하게 만든 건 미안합니다. 냄새나는 봉투를 다시 열어 볼 만큼 의심 많은 성격인 줄은 몰랐어요."

"헛소리 말고 결론을 말해요. 그게 뭔지. 왜 여기로 가져왔는지."

유안이 레오를 쏘아보자, 레오는 입을 다물고 잠시 침묵했다. 그의 시선이 천천히 유안을 훑었다. 분석하는 시선. 혹은 광기 어린 시선. 어느 쪽이든 유안은 불쾌했다. 그러면서도 한편으로는 자신이 왜 레오가 말한 것처럼 당장 내려가 가이드를 부르지 않는지, 하다못해 이곳 발코니에서 비명이라도 지르지 않는 것인지 스스로도 혼란스러웠다.

레오가 입을 열었다.

"유안, 당신도 이 냄새가 느껴집니까?"

공기 중에 희미하게 섞여 있는 달큰한 냄새. 협곡에 들어설 때부터 느껴졌고, 특별 구역에 도착해서는 더욱 분명하게 맡아진 냄새가 순간 유안의 감각 안으로 포착되었다. 이곳에 계속 머무르는 동안 어느 정도 코가 적응해버렸었는데, 실내에 있다가 밖으로 나오니 차가운 밤 공기 속에 섞여 있는 냄새에 다시 감각이 깨어났다.

"우리의 감각기관은 참 효율적이죠. 지속적인 자극이 반복되면 그걸 그냥 배경 잡음으로 처리해버리니까요. 소음이 지속되면, 소음 자체를 감각 처리 기관에서 음소거해버리는 셈이에요. 냄새도 마찬가지고요. 아마도 이곳 사람들은 이 냄새의 존재를, 그리고 어떤 소리의 존재를 느끼지 못할 거예요. 그것과 함께 너무 오래 살아왔으니까요. 하지만 그 배경 잡음은 절대 사소하지 않아요. 그건 이곳이 어떤 곳인지, 어떤 이야기를 품고 있는지에 대한 진실을 알려주죠. 그리고 때로 그것은 여행자의 시선으로만 포착될 수 있습니다. 그곳에서 오랜 시간을 살아온 사람의 시선 대신에요."

"지금 당신은, 므레모사의 진실을 당신 같은 여행자만이 알아낼 수 있다고 말하는 건가요? 이곳 거주민들이 아니라?"

유안이 빈정거리는 어조로 물었다.

"꼭 그렇게 표현할 필요는 없겠지만, 비슷한 맥락이라고 할 수 있겠죠. 내 말이 불쾌합니까? 당신은 처음부터 다른 사람들이 므레모사를 대하는 태도를 불편해하는 것 같더군요."

"아뇨. 불쾌하지 않아요. 나도 그 숨겨진 진실이라는 게 있다면, 그걸 꼭 알아내고 싶으니까요."

유안의 대답에 레오는 조금 뜻밖이라는 표정을 지었다.

"당신도 뭔가를 숨기고 있군요."

"지금 가장 많은 걸 숨기고 있는 건 레오 당신일 텐데요. 내가 보기엔, 다른 여행자들은 비록 달갑지는 않지만 그 의도가 빤해요. 다들 므레모사의 비극을 보러 왔죠. 아니면 회복을 보러 왔거나. 어느 쪽이든 분명한 의도를 지녔어요. 하지만 당신은…… 알 수가 없어요. 그래서 난 당신이 궁금하고, 당신이 불쾌해요."

유안은 미간을 찌푸리면서 이어 물었다.

"정말 종교인인가요? 포교를 하러 온 거예요? 고작 그런 비스킷 과자 박스로 어떻게 포교를 하겠다고? 약을 먹어서 신성 체험이라도 하게 만들 생각인가요?"

레오는 그 말에 웃음을 터뜨렸다. 유안은 웃고 있는 레오를 미적지근한 기분으로 쳐다보았다. 그는 유안이 원하는 것을 알고 있을까? 아니면 그저 허세와 광기를 지닌 마약쟁이에 불과할까?

"유안. 세상의 기이한 이야기들은 항상 어떤 면에서 사실을 말하고 있답니다. 당신이 기분 나쁘게 여겼을 그 므레모사에 대한 소문을 기억하죠?"

"므레모사의 귀환자들이 좀비가 되었다는 소문이요? 내가 접한 건…… 좀 다른 버전이었어요."

"여러 가지 변형판이 있겠죠. 중요한 건, 그 소문들 전부가 진실은 아닐지라도 진실의 일부를 담고 있다는 거예요. 당신이 내 말을 믿을지는 모르겠지만, 우린 내일 함정에 빠질 겁니다. 므레모사에서요."

레오가 유안의 눈을 마주 보았다. 섬뜩한 눈빛이었다. 이 순간 레오의 얼굴은 오늘 보았던 그의 수많은 얼굴 중 어느 모습도 아니었다.

"아무도 그게 함정인 줄 모를 거예요. 그리고 함정에 빠졌다는 것조차 기억하지 못하고요. 자발적으로 구멍에 들어가거나 혹은 이 함정이 보물로 가득한 곳이었다고 떠벌려댈 겁니다. 어느 쪽이든, 우리는 부품이 될 거예요. 이 함정을 구성하는

일부가 되는 겁니다. 그게 이 덫의 구조예요. 내가
알고 있는 건 이 정도입니다."

"그런데 왜 당신은 여기에 왔나요?"

유안이 물었다. 레오는 말없이 유안을 마주 보
았다. 유안이 또다시 물었다.

"왜 알면서도 이곳에 왔냐고요. 함정이라는 걸,
함정의 부품이 되리라는 걸 알면서…… 와야만 했
던 이유가 뭐죠?"

"그 이유를 말해주면, 나는 유안 당신을 이 계획
으로 곧장 끌어들일 텐데요. 그걸 감당할 수 있습
니까?"

레오가 그렇게 말하며 유안을 똑바로 보았다.
이상하게도 유안은 그 순간 그가 므레모사의 어
떤 면을 보여줄 수 있을 거라는 기대가 생겼다. 그
것은, 유안이 감당하기 힘든 비밀일지도 모르지만
레오가 말한, 여행자의 시선으로만 포착할 수 있
는 어떤 비밀을 알고 싶었다. 아마도 유안과 레오
의 목적은 다를 것이다. 그러나 그는, 적어도 유안
에게 단서를 줄 수 있다.

"좋아요, 그게 바로 내가 원하는 거예요. 당신의

이상한 계획에 휘말리는 것."

"당신도 어지간히 정신이 나갔군요."

레오가 헛웃음을 지었다. 유안은 아랑곳않고 물었다.

"이제 뭘 이야기해줄 수 있죠?"

4

우리가 연인이었을 때, 한나는 며칠에 한 번씩
나를 밖으로 불러내곤 했다.

"제발, 유안. 넌 너무 생각이 많아. 아무 생각하
지 말고 그저 걷기만 해. 사람들에게 보여주기 위
해 움직이는 게 아냐. 네게 속해 있는 움직임을 밖
으로 끄집어내는 거야. 다시 좋아하게 될 거야. 걷
고 뛰는 것, 살아 있는 것, 원래 네 삶의 이유였던
것들을. 알겠지? 10초 세고 나면 일어나서 운동화
신고 밖에 나가는 거야. 그만 툴툴거리고."

나는 혼자서, 때로는 한나와 함께 산책했다. 아
파트 단지를 나와서 작은 호수가 있는 공원까지.

덜컹거리는 보도블록과 아스팔트 도로 위를, 툭툭 소리가 나는 나무로 된 산책길 위를, 흙과 돌멩이가 굴러다니는 오솔길을 걸었다. 호흡 속에 섞여 들어오는 일상의 햇볕을, 봄의 냄새를, 축축한 여름 공기를 감각했다. 한나가 옆에 있을 때면 손을 잡고 천천히 걸었고 가끔 얼굴을 마주 보며 웃었다. 한나 없이 혼자일 때면 일부러 속도를 내어 빠르게 걸었다. 저녁이 되면 붉은 노을을 바라보며 내가 걸었던 그 모든 길을 다시 되짚어 집으로 돌아왔다. 꼬리를 흔들며 내게 관심을 보이는 강아지, 유모차 안에서 눈을 깜빡이는 아기, 웃으며 함께 산책하는 아이들과 장난기 가득한 표정의 노부부, 거리를 가득 채운 활력과 살아 있는 존재들을 마주치면서. 생동하는 세계를 바라보면서.

하지만 그 모든 순간에도 불구하고, 나는 다시는 걷는 것을 좋아할 수 없었다.

한나는 나의 재활 훈련사였다. 나는 한나를 국립재활원의 기계 재활실에서 처음 만났다. 절망해 있던 나에게 한나는 말했다.

"당신이 다시 춤출 수 없다는 건 말이 안 돼요.

그렇게 아름답게 춤추던 사람이."

그게 나의 의욕을 북돋기 위한 말이었든, 아니면 어느 정도는 진심이었든, 한나에게는 나를 돕겠다는 강한 동기가 있었다. 내가 방송 출연으로 이름을 알리기 전부터 한나는 나의 퍼포먼스 영상을 보아왔다고 했다. 자신이 보았던 그대로, 그때의 가뿐한 움직임을 그대로 재현할 수 있도록, 아름답게 춤출 수 있도록 도와주겠다고 한나는 선언했다. 나는 바를 잡고 기우뚱거리며 걸었고, 수없이 넘어졌다. 일주일에 두 번, 엔지니어들이 내 의족을 나에게 맞게 피팅했고, 그러면 다시 변화한 다리의 감각에 적응해가며 걷는 연습을 했다. 한나는 넘어지는 나를 부축했고, 나의 근육과 신경의 위치를 짚어가며 내가 잊어버린 동작들을 다시 기억해낼 수 있도록 도왔다. 한나의 도움으로 나는 신경 의족에 천천히 적응했고, 일어섰고, 조금씩 걸었다. 나중에는 달릴 수도 있었다.

"그런데 선생님, 좀 이상한 게 있어요."

"어떤 건데요?"

"뭐라고 설명해야 할지 모르겠는데…… 음, 그

러니까 가끔씩, 예전 다리가 그대로 남아 있는 것처럼 느껴져요. 신경 의족을 분리한 상태에서는 그 감각이 더 선명해요. 정말로 움직일 수 있을 것처럼요."

"지금도 그 예전 다리가 움직여져요? 더 자세히 설명해봐요."

한나가 나의 어깨를 마사지하며 물었다. 나는 앉은 채로 앞으로 다리를 쭉 뻗으며 설명했다.

"지금 발바닥을 아치 모양으로 만들어서, 땅 위에 단단히 체중을 싣는 동작을 상상했어요. 그리고 발가락을 움직이는 동작도요. 그러면 신발에 닿는 감각, 심지어 양말의 촉감까지 제게 느껴져요."

"그러니까, 절대 그럴 리가 없는데도요. 그렇죠? 유안 씨, 지금 다리를 봐요. 저를 보지 말고 다리를 보세요."

한나의 말에 나는 다리를 내려다보았다. 인공 피부를 잠시 벗겨내 금속 부품들이 겉으로 드러난 신경 의족이, 나의 절단된 허벅지 아래를 차지하고 있었다. 그리고 그 의족에는 양말도, 신발도 신겨져 있지 않았다. 내가 상상 속에서 움직인 다리는 존재하지 않는 다리, 이 신경 의족조차 아닌 환상의 다리였다. 그 사실을 인식하는 순간 나는 기이한 종류의 감각을, 그리고 격렬한 통증을 느꼈다. 하지만 한나의 표정이 마치 나의 통증을 허락하지 않는 것처럼 느껴졌으므로, 나는 입을 꽉 다물고 고통을 견뎠다.

"아직 적응하지 못해서 그래요. 절단 이후에 환자들이 환지 감각을 느끼는 경우는 굉장히 흔해요. 유안 씨의 머릿속에서 신경의 재배열이 다 일어나지 않은 거죠. 예전의 다리가 지금도 남아 있다고 착각하는 거예요. 하지만 신경 의족에 익숙해지면, 뇌가 점점 이 기계를 진짜 다리로 인식하기 시작해요. 우리 뇌는 놀라운 신경 가소성을 갖고 있거든요. 그러니까 결국은 시간이 답인 거죠. 훈련과 시간이 해결해줄 거예요."

내가 마침내 재활실의 넓은 마루 위에서 가뿐히 뛰어 착지하며 춤을 추었을 때, 한나는 내 손을 잡고 마주 보며 말했다.

"됐어요, 이제 다 됐어요. 유안 씨, 당신은 강하

고 아름다워요. 저는 당신에게서 언제나 배우고 싶은 강인함을 봐요. 상실을 딛고 일어서 나아가는 것, 우리 인간이 지닌 최고의 능력 말이에요. 그동안 정말 고생 많았어요."

한나는 활짝 웃었고, 나는 그 모습을, 한나의 턱과 어깨를 지나 아래로 떨어지는 머리카락의 곡선을 한참이나 바라보았다.

더는 재활원에 가지 않게 되고, 다시 무용 일로 복귀하고, 몇 번의 무대를 설 때까지. 그 과정에서 나와 한나의 관계가 재활 훈련사와 고객이 아닌 그다음의 단계로, 친구에서 연인으로 발전해나갈 때까지도 나는 한나에게 한 가지 사실을 숨겼다. 나의 그림자 다리가 사라지지 않고 여전히 존재한다는 것. 사실은 신경 의족을 연결한 부위 근처에서, 절단한 다리의 감각이 계속해서 느껴진다고. 마치 오른쪽 다리를 두 개 지닌 채 살아가는 것 같다고. 그 감각은 움직일 때, 격렬하게 움직일 때 더욱 심해지며, 견딜 수 없는 통증을 동반한다고. 나는 오랫동안 그 말을 하지 않았다.

휴식기를 갖고 싶다고 선언하며 무용 컴퍼니 사

업을 잠시 중단하면서, 딱 한 번 한나에게 이야기를 꺼낸 적이 있었다.

"솔직히 말하면, 예전만큼 춤추거나 움직이는 일이 기쁘지 않아. 사실은 움직임을 완전히 멈출 때, 가만히 있을 때가 가장 편안하게 느껴져. 이건 상실과는 다른 것 같아. 상실은 잃어버린 거지만, 나는 그냥…… 예전과는 다른 사람이 되어버린 거야. 일종의 '변신'을 경험한 거지."

나는 최대한 유쾌하게 그 이야기를 하고 싶었지만, 한나는 내 말에 어두운 표정을 지었다.

"유안, 마음을 잘 다잡아야 해. 지금 넌 회복되고 있는 거야. 몇 년이 걸리건, 나아지고 있는 거라고. 잃어버린 것을 자꾸 의식하지 마. 움직임을 완전히 멈추고도 편안할 수는 없어. 우리가 쉴 때도 우리는 끊임없이 몸을 뒤척이잖아. 살아 있는 건, 곧 움직이는 거야. 왜 '생동한다'는 표현을 쓰겠어?"

그 이후로 나는 한나에게 다시 그런 이야기를 꺼내지 않았다. 한나의 조언을 받아들여서 한동안은 '움직임을 그만두고 싶다'는 생각도 의식적으로 하지 않았다.

하지만 그 생각은 계속해서 나를 찾아왔다. 특히 깊은 밤에, 내가 고통으로 몸부림치며 침대 위에서 신음하다가, 문득 그 모든 통증들이 물러나고 나의 움직임도 근육도 고요해지는 어떤 새벽에.

고정된 것은 나를 편안하게 한다.

정적인 세계는 내가 돌아가야 할 고향이다.

어느 순간 나는 그런 생각을 도저히 멈출 수 없게 되었다.

*

아침 일찍 가이드가 유안의 객실 문을 두드렸다. 샌드위치를 건네주던 가이드는 오른쪽 다리 대신 금속 막대를 끼운 유안을 보고 눈이 휘둥그레졌지만, 시선을 얼른 피하더니 "그럼 30분 안으로 내려오세요" 말하고는 후다닥 자리를 떠나버렸다. 마주할 때마다 당황스러운 반응이었지만, 유안의 잘려나간 다리를 본 사람 중에서는 그나마 침착한 편이었다. 유안은 약을 삼키고 작은 가방에 생수를 챙겼다. 오늘은 먹어야 할 약이 평소보다 많았다. 그 중에는 어젯밤 레오가 준 것도 포함되어 있었다. 간이 지지대를 신경 의족으로 갈아 끼우고, 잠옷 대신 외출복을 입은 다음 방을 나섰다.

1층 로비로 내려와 보니 헬렌과 레오, 탄이 먼저 와서 소파에 앉아 있었다. 탄이 투덜거렸다.

"이 투어에 와서 제대로 된 음식을 먹은 기억이 없어요. 그제 밤도 샌드위치, 어제도 샌드위치, 오늘도 샌드위치라니. 이르슐에는 식문화라는 게 존재하지 않는 걸까요?"

아침 미팅의 분위기는 좋지 않았다. 가이드가 오늘 일정을 간략하게 설명했지만 다들 피로에 젖어서 듣는 둥 마는 둥이었다. 샌드위치는 역시나 그랬듯 형편없었고, 음료에서는 이상한 맛이 나 유안은 레오에게 받은 팩 주스로 입가심을 했다. 헬렌이 간밤에 두통과 이명 때문에 한숨도 못 잤다는 불평을 연신 해댔고, 나중에 내려온 주연과 이시카와도 비슷해 보였다. 다른 여행자들도 두통까지는 아니었지만 어딘가 신경이 곤두서는 느낌을 받는 듯했다. 아무리 이곳이 고산지대라서 적응이 느릴 수 있다지만, 우리 중 컨디션이 좋아 보이는 건 레오와 가이드 정도뿐이었다.

숙소 앞에서 밴을 기다리는 동안, 웬 들개들이 몰려드는 일도 있었다. 괜히 겁먹은 주연이 소리를 지르다가 오히려 들개들을 자극했는지, 주연을 향해 컹컹 짖어대서 결국 가이드가 트레킹용 지팡이로 개들을 쫓아내야 했다. 이곳은 들개들조차도 매우 예민해 보였다. 주연이 소리를 질러대다 유안의 팔을 붙잡았는데, 그 바람에 유안은 발을 잘못 내디뎌 어제보다 더 심한 통증을 느꼈다.

숙소를 출발해 렘차카를 반 바퀴 돌아 느린 속도로 20분쯤 이동하는 동안, 어제는 다 보지 못했던 기지의 다른 건물들이 보였다. 가이드는 다시 활기찬 목소리로 그 건물들이 군인들이 주둔하던 막사와 종교 시설이라고 설명했다. 그러고 보니 성당에서 볼 법한 마리아상이 부서진 채로 놓여 있었다. 밴은 어제 들어온 게이트의 반대편에 있는 게이트 앞에 멈췄다. 나가는 길에도 검문소가 있었지만, 이미 한 차례 수색했기 때문인지 이곳의 직원은 한 손을 이마에 대며 인사만 건넸다.

"이 길을 따라 플랜트 구역까지 걸어갈 거예요. 오솔길을 벗어나지 않도록 조심하시고요. 방문객들이 갈 만한 길은 미리 정화 작업을 해두어서 아주 깨끗하지만, 깊은 숲속은 장담할 수 없어요."

가이드의 의미심장한 말에 탄이 숲을 기웃거리며 들뜬 표정으로 떠들어댔다. 무슨 이야기를 하는 것인지, 옆에서 이시카와도 심각한 얼굴로 고개를 끄덕였다. 길가에는 기지로 오는 길의 휴게소에서 보았던 것처럼 낡은 표지판들이 세워져 있었다. 하지만 이번에는 이르슐어로만 적혀 있어 의미를 알 수 없었다. 주연이 호기심을 보였다.

"무슨 뜻일까요?"

헬렌이 표지판을 읽고 말해주었다.

"숲에서 버섯과 열매를 채집하지 말라고 적혀 있군."

길을 따라 계속 내려간 끝에 무성한 나무들 사이 숨겨져 있던 플랜트 구역이 드러났다. 거대한 공장과 연구소였다. 외벽은 까맣게 불탄 듯 그을음으로 덮여 있었다. 덩굴들이 뒤덮은 주위 환경과 비교하면 벽면 틈새로도 풀 한 포기조차 자라나지 않는 플랜트는 섬뜩함을 자아냈다. 가이드는 이 구역이 총 네 개의 커다란 건물들로 이루어져 있으며, 두 군데는 계곡 안쪽으로 더 들어가야 볼 수 있는데, 그곳은 아직 정화 작업을 진행 중이어서 접근할 수 없다고 했다.

"이 건물이 브레모사와 가장 가까운 플랜트 C동이었습니다. 화재가 시작된 곳이고, 가장 많은 화학물질 유출의 근원지이기도 합니다. 나중에야 이곳이 사실 끔찍한 생화학 무기를 생산하고 시험하던 공장이자 연구소였다는 것이 밝혀졌죠. 이르슐은 유출 사건 이후 20년이 지나서야 그 프로젝트의 존재를 공식적으로 인정했습니다."

높은 가시철망을 따라 10분 가까이 걷자 입구가 나왔다. 그곳에도 정복을 입은 이르슐 보안국 직원이 서 있었다. 렘차카에서 본 다른 직원들처럼 그의 얼굴도 딱딱하게 굳어 있었다. 가이드는 서류를 보여주며 형식적인 절차를 거쳤고, 가이드를 따라 철망 안쪽으로 들어서자, 오른쪽 공터에 새로 짓고 있는 건물이 하나 보였다. 거대한 공장에 비해서는 매우 작은, 다소 엉성한 건물이었다.

가이드가 플랜트를 대충 성의 없이 소개하고는, 여행자들을 다시 바깥 방향으로 인솔하기 시작했다.

"잠깐만요."

이시카와가 물었다.

"플랜트에는 왜 들어가지 않습니까?"

"플랜트는 보안 구역이고, 참가자분들께 위험할 수도 있으니까요. 내부가 워낙 엉망이기도 하고……."

가이드는 약간 당황한 것처럼 보였다.

"위험을 무릅쓰는 것이 이런 투어 상품의 존재 이유입니다. 우리도 돈을 내고 왔고, 앞으로 올 관광객들도 고액의 참가 비용을 지급할 텐데, 이렇게 접근조차 못 하게 하는 것보다는 가까이서 보여주는 것이 낫지 않습니까?"

헬렌이 옆에서 거들었다.

"이시카와 씨의 말이 맞네. 많은 투어 상품들이 비극이 시작된 장소를 둘러볼 수 있게 하지. 설령 그 내부가 너무 참혹하더라도 말이야. 여행자들은 그런 참혹한 현장을 보러 오는 거니까."

가이드는 게이트에 서 있던 경비 직원과 잠시 이야기를 나누더니, "이야기하신 내용은 앞으로의 투어에 잘 반영하겠습니다. 그러면 플랜트를 잠시 둘러보도록 하지요" 하고 대답했다.

햇볕이 잘 들지 않아 땅은 아직도 축축하게 젖어 있었고, 진흙이 신발에 달라붙었다. 가까이서 본 플랜트는 유령도시와 같은 렘차카보다도 훨씬 더 음산한 분위기였다. 건물 곳곳의 짙은 얼룩과 시들어 말라붙은 근처의 식물들이 현재진행형의 죽음을 암시하고 있었다. 그 섬뜩함은 즐기러 온 여행자들에게는 더없는 구경거리였으나, 가이드는 여행자들이 너무 공장에 가까이 접근하는 것을 경계하는 듯했다. 탄이 플랜트 창문을 들여다보려고 할 때마다 "뒤로 물러나세요!" 하고 비명을 지르듯 가이드는 경고했다.

어딘가 급하게 마무리된 구경을 마치고 다시 가시철망 입구로 돌아가는데 한 무리의 사람들이 후드를 뒤집어쓴 채로 몰려왔다. 가이드가 말했다.

"므레모사 주민들이 기념관 건설을 돕고 있어

요. 그들도 이 투어를 반긴답니다. 외부의 지원금이 점점 줄어들어서 자생할 수 있는 경제 활동이 필요했거든요."

여행자들을 스쳐 지나갈 때, 가이드가 프레모사 주민들이라고 말한 이들 중 한 명이 갑자기 주연의 팔을 덥석 붙잡았다. 팔을 붙들린 주연이 기겁하며 뒤로 펄쩍 뛰었는데, 가이드가 하하 웃으며 그 귀환자를 주연으로부터 떼어놓았다. 그들이 뭉개진 발음으로 무어라고 소리쳤다.

"여러분에게 인사하는 거예요. 반갑다는 거죠."

가이드는 그렇게 설명했고, 다른 여행자들도 안심하며 귀환자들에게 마주 인사를 보냈다. 그러나 유안은 이상한 느낌을 받았다. 그들의 말은 분명 이르슐어일 텐데도 마치 유안이 알아들을 수 있는 말로 이렇게 외치는 것처럼 들렸던 것이다.

'제발 나를 데려가.'

그건…… 단지 착각이었을까?

플랜트를 떠나 프레모사로 향하는 길에, 가이드가 프레모사에 대해 설명했다. 렘차카 특별 구역 내부에도 큰 규모의 주거 시설이 있었지만 철망 바깥의, 그리 멀지 않은 곳에 형성된 작은 마을들도 여럿 있었는데, 그중 하나가 바로 플랜트에서 가장 가까운 위치의 므레모사였다. 므레모사 거주민들은 대부분 플랜트 C동에 소속된, 정비나 유지 업무를 맡은 말단 직원들이었다. 원래 이 지역에서 농작물을 재배하며 살다가 프로젝트에 합류한 사람들도 있었고, 이르슐의 모집 공고를 보고 외부에서 이주해 온 다음 므레모사에 정착한 이들도 있었다.

"므레모사 거주민들의 대부분은 자신들이 무엇을 만들고 있는지, 어떤 효과를 내는지 거의 알지 못했죠. 자신들이 일하는 플랜트에서 매일 트럭과 헬기로 실어 나르는 약품과 용매들이 무엇으로 합성되는지도요. 단지 그것이 전쟁을 끝낼 수 있는 유일한 방법이며, 이 업무가 이르슐에 대한 헌신이라는 말을 믿었을 뿐입니다. 단순 작업치고는 꽤 큰 급여를 줘서 이곳으로 온 사람들이 많았습니다. 기밀 유지를 목적으로 므레모사를 출입하는 모든 사람에게는 워낙 엄격한 수색이 이루어졌기 때문에 그게 번거롭다며 므레모사를 거의 떠나지 않고 몇 년간 마을 안에서만 살던 이들도 많았지요. 생필품은 인근 도시에서 모두 실어와 상점에서 살 수 있었거든요."

화재가 발생하고, 잇달아 장기적인 영향을 미치는 유출 사고가 발생하면서 처음 몇 달간 므레모사의 거주자들은 강제 퇴거 명령을 받았다. 이곳을 떠날 수 없다며 버티던 이들마저도 이후 몇 년에 걸쳐 모두 이곳을 떠나거나, 혹은 떠날 수밖에 없는 상태가 되었다.

이상한 점은, 떠난 이후에 다시 돌아오기 시작한 사람들이 있었다는 것이다. 그것도 꽤 많은 수의 사람들이.

생화학 무기를 만들어내는 공장과 가장 가까운 장소였고, 화재 이후 가장 많은 사람이 피해를 입었으나, 그중 대부분의 주민들이 돌아온 장소. 외부와의 소통을 거부해온 이들이 지금까지 살아가고 있는 곳.

'우리는 여기서 고통을 견디며 살아가겠다. 방해하지 말라.'

바로 그렇게 스스로를 폐쇄한 채로 살아왔던 므

레모사의 귀환자들이 처음으로 여행자들에게 문을 열어준 것이다.

무성한 나무들이 조금 듬성듬성해지는 길가에서, 므레모사의 정경이 눈에 들어오기 시작했다. 지금까지 지나온 이 협곡의 모든 장소들이 날카로운 가시철망으로 둘러싸여 있던 것과 달리, 므레모사는 아늑해 보이는 돌담으로 둘러싸여 있었다.

돌담을 지나는 순간 유안이 느낀 것은 강렬하게 코를 찌르는 달콤한 향기였다. 렘차카를 가득 뒤덮고 있던 그 냄새의 근원이 바로 므레모사인 것 같았다. 차례차례 돌담을 지나는 다른 여행자들도 주위를 둘러보며 숨을 크게 들이쉬었다가 내뱉는 것이 보였다.

입구에서부터 반듯하게 놓인 돌길은 마을 중앙의 광장으로 이어져 있었다. 길의 양쪽으로 규격화된 3층 건물들이 규칙적으로 배열되어 있었는데, 대부분은 넝쿨이 가득 자라 있었고 건물 한쪽이 허물어진 곳도 있었다. 어떤 건물은 길목마다 불쑥불쑥 솟아난 곡선형의 휘어진 나무들이 건물을 아예 침투하여 자라나 있었다.

그리고 그 길목에, 므레모사의 귀환자들이 서 있었다. 귀환자들은 걸친 옷들이 허름했고, 피부가 상해 있었고 또 건강해 보이지 않는 외모였지만, 적막한 숲속 마을 한가운데에 선 그들은 단지 자연과 잘 어우러져 살아가는 평범한 사람들처럼 보였다. 그들을 결코 '좀비'라고 칭할 수는 없을 것 같았다.

"이곳이 진짜 므레모사, 귀환자들의 마을입니다. 여러분이 뭘 상상하셨든, 눈앞에 보이는 것이 진실이랍니다."

가이드가 싱긋 웃으며 말했다.

지금까지 보아온 모든 풍경이 수십 년 전 이곳에 있었던 죽음과 비극의 흔적을 드러냈지만, 기묘하게도 그 비극을 가장 잔혹하게 경험했을 이곳 므레모사에는 비극이 없었다. 이곳은 죽음의 땅이 아니었다. 적어도 첫인상은 그랬다.

"우리가 틀렸나 봐요. 잘못 생각했어요."

주연이 중얼거렸다. 이시카와가 옆에서 고개를 끄덕였다. 탄만이 아직 믿지 못하겠다는 듯이 팔짱을 낀 채 앞을 내다보고 있었다.

미묘한 여행자들의 반응을 눈치챈 가이드의 얼굴에 일종의 자부심이 떠오르는 것을 유안은 지켜보았다. 그 자부심이 정확히 어떤 것인지는 알 수 없었지만, 적어도 이곳이 여행자들이 상상해온 절망의 땅은 아니라는 데서 오는 것은 분명해 보였다.

므레모사가 여전히 오염된 땅일 것이라는 추측도, 이곳의 주민들이 고통과 절망 속에 살아가고 있을 것이라는 추측도 틀렸다. 마을은 적막했지만 동시에 나름의 방식으로 아름다웠다. 세상에서 가장 고립되었던 이들은 다시 자신들만의 생명력 어린 공간을 일구어낸 듯 보였다. 그 모든 것이 어떻게 가능했는지 도저히 알 수 없었지만, 지금 이 마을은 죽음과는 거리가 멀어 보였다.

그리고 유안은 그 사실이 몹시 실망스러웠다.

"유안, 어때요?"

레오가 싱글대며 물었다. 유안은 대답 없이 표정을 숨기고 앞을 보았다.

여행자들은 가이드의 통솔에 따라 마을 중앙의 광장으로 걸어갔다. 광장으로 가는 길을 중심으로 양옆에는 나무 간판을 내건 가게들이 보였고 그 앞에는 알아볼 수 없는 이르슐 알파벳으로 품목들의 설명이 쓰여 있었다. 주민들이 사는 집에서는 무언가를 굽고 찌는 듯한 냄새가 풍겼다. 조그마한 시장도 형성되어 있어서 귀환자들이 버섯과 산딸기, 허브, 빵을 서로 사고 팔았다. 텃밭에서 과일과 채소를 기르는 집과, 염소와 닭과 같은 작은 가축을 기르는 농가도 보였다. 귀환자 한 명이 여행자들을 향해 이르슐어로 무어라고 말하며 인사를 건넸다. 알아듣기 어려웠지만 "사파!"라고 말하는 것처럼 들렸다. 주연이 "사파!" 하고 발음을 비슷하게 흉내를 내 인사를 되돌려주자, 노인이 히죽대며 웃었다.

　므레모사의 평화로운 정경은 여행자들의 긴장을 풀어지게 했다. 귀환자들의 다소 구부정하고 고생을 많이 한 듯한 외모조차도 주위의 녹음과 청량한 공기와 어우러지자, 인심 좋은 시골 노인네들처럼 보였다. 주연과 이시카와는 들떠서 주위 풍경에 대한 감상을 소곤대기 시작했다. 탄은 여전히 뭔가 의심스럽다는 듯이 미간을 찌푸렸지만,

아침에 나설 때부터 끊임없이 불평해대던 입이 지금은 다물려 있었다.

유안은 이곳에 용도를 짐작할 수 없는, 특이한 형태의 기둥들이 많이 세워져 있다는 것을 문득 깨달았다. 마치 나무 기둥처럼 생긴 그것들은 흰 천으로 둘둘 감겨 있었고, 기둥과 기둥 사이에 긴 끈을 매달아 두어서, 마을 곳곳의 허공을 끈이 가로질렀다. 흡사 장식물이나 혹은 종교적인 소품처럼 보였다.

"어, 무슨 소리가 들리는 것 같지 않아요? 라디오 소리 같은 게 들리는데."

주연이 갑자기 멈추어 서서 흰 천으로 감긴 기둥에 귀를 가져다 댔다.

"안에 스피커가 있나?"

그러자 탄도 호기심을 보이며 기둥 가까이로 다가왔다. 그때 옆에서 허브를 다듬고 있던 나이 든 여자가 홱 고개를 돌렸다. 주연이 깜짝 놀라 손을 들어 올리자, 여자는 손에 들고 있던 칼을 위협적으로 들이대더니 "캬아아악!" 하고 소리를 지르기 시작했다. 그리고 무어라고 속사포 같은 소리를 쏟아냈는데, 말이라기보다는 울부짖음에 가까운 소리였다. 주연이 기겁하며 뒤로 물러났다. 탄은 그보다 더 펄쩍 뛰며 물러나 주연의 뒤에 숨은 것 같은 모양이 되었다. 거리의 다른 귀환자들의 시선이 순식간에 이쪽을 향했다.

"가만히, 거기 가만히 서 있어요!"

가이드가 소리치며 달려와 여자를 멀리 떼어놓고 진정시켰다. 주연이 어쩔 줄 모른 채 넋을 놓고 있고, 다른 이들도 어리둥절해 있는 가운데 여자는 매섭게 눈을 뜬 채 여행자들을 노려보다가 다시 허브가 담긴 바구니로 시선을 돌렸다.

"관광객을 처음 받아들이는 마을이라 아직은 예민한 겁니다. 자기 집을 건드린다고 오해한 걸 거예요."

"그래도 좀 너무한 거 아닙니까? 우리가 정말로 뭘 손댄 것도 아니고."

탄이 화난 어조로 말했지만, 정작 주연은 화가 나기보다는 잔뜩 겁먹은 얼굴로 조금 전 가까이 다가갔던 기둥을 멍하니 바라보고 있었다. 탄은 여기서 얼른 멀어지고 싶다는 듯이 속도를 높여 앞으로 걸어갔고, 주연은 홀린 듯 기둥을 바라보다가 휙 고개를 돌려 탄을 뒤따라갔다.

"하하. 얼른 다음 장소로 갑시다."

무슨 이야기든 상황을 경쾌하게 만들어버리는 가이드가 활짝 미소를 지으며, 아무 일 없었다는 듯 방향을 돌렸다.

소리가 난 것 같다는 말이 신경 쓰여서 유안은 잠시 생각에 잠겼다. 방금 주연과 탄, 그리고 다른 여행자 중 일부는 정말로 무슨 소리를 들은 것 같다며 고개를 끄덕였다. 하지만 유안은 전혀 그 소리를 듣지 못했다.

"유안, 유안. 나랑 잠시 이야기 좀 해요."

레오가 속삭였다.

"뒤로 잠깐만 물러나 볼래요?"

유안이 고개를 끄덕였다. 여행자들이 앞서 걸어가고 유안은 천천히 속도를 늦추어 뒤로 쳐졌다. 바로 옆에서 레오가 걸어가고 있었다.

유안이 예상 못 한 기습을 당한 건 그 순간이었다.

"아악!"

퍽, 하는 소리와 함께 다리에 느껴지는 격렬한 통증, 축축한 진흙의 냄새, 그리고 뒤돌아보는 사람들의 소란스러운 목소리.

순간 무슨 일이 일어났는지 알 수가 없었다.

"세상에, 괜찮아요?"

레오가 유안을 놀란 얼굴로 바라보고 있었다. 그리고 레오가…… 방금 유안의 다리를 후려친 당사자였다. 너무 당황스러워서 그 사실을 깨닫는 데에도 시간이 걸렸다. 이거 완전 미친놈 아닌가? 유안은 당황한 나머지 화낼 타이밍을 놓쳤다.

"유안 언니!"

주연이 뒤돌아보고는 놀라서 달려왔다. 가이드도 뒤따라왔고, 탄과 이시카와가 걱정하며 유안을 부축하려고 했다. 문제는 유안의 오른쪽 다리가, 넘어질 때의 충격으로 그만 분리되어버렸다는 데 있었다. 부러지는 것보다는 차라리 분리되는 게 나았지만, 지금 이런 장소에서 사람들의 시선을 받으며 손을 뻗어 분리된 의족을 붙드는 건 유안이 정말 상상하기 싫은 상황이었다. 다들 가이드나 주연에게 듣거나 따로 눈치를 챘는지, 놀라지 않았지만 눈앞의 상황에 매우 당황하는 건 분명했다.

"괜찮아요. 나무둥치에 걸려서…… 넘어진 것뿐이에요. 보다시피 다리가 좀 이렇게 돼서요."

유안은 사람들 앞에서 초라한 꼴이 된 자신의 모습이 부끄러웠고, 또 그것에 아직도 모욕감을 느끼는 스스로가 당황스러웠다. 벌써 몇 년이 지났는데 지금까지도 덩그러니 잘린 뭉툭한 다리를 누군가에게 절대 보이고 싶지 않아 하다니……. 하지만 적어도 이런 곳에서, 어제 처음 얼굴을 본 여행자들과 자신이 구경하러 온 마을의 현지인들에게 당혹스러운 구경거리가 되는 일은 도저히 견딜 수 없었다. 유감이라는 표정을 하면서도 그들은 자신의 호기심을 그다지 숨기지 않고 있는 것이다.

"일단 실내로 갑시다."

레오가 큰 목소리로 말했다. 레오와 이시카와가 유안을 양쪽에서 부축했고, 일행은 광장 근처의 텅 비어 있는 회관으로 이동했다.

모두가 난감한 표정이었다. 유안 입장에서는 그

렇게 큰 부상이 아니었지만, 다른 사람들에게는 '낯선' 상황이었으므로 더욱 당황스럽게 받아들이는 것이 분명했다.

유안은 침착하게 말했다.

"여기서 기다리며 고쳐볼게요. 저도 간단한 수리 정도는 할 줄 알아요. 다들 예정된 투어를 끝내고 나중에 다시 여기로 와주시면 어떨까요?"

"하지만 유안 씨를 여기 혼자 두고 갈 수는 없잖습니까?"

이시카와가 말했다. 그때 레오가 끼어들었다.

"걱정 마세요. 제가 남아 있겠습니다."

레오가 과장된 제스처를 취하며 다른 사람들을 향해 말했다.

"다른 분들은 마을을 둘러보고 오시지요. 제가 같이 남는 것으로도 충분할 겁니다."

저렇게까지 뻔뻔할 일인가? 유안은 속으로 욕을 하며 레오를 노려보았다. 레오는 유안을 향해 매우 걱정스럽다는 듯한, 가식적인 표정을 지었다.

5

"진짜, 이 정도로 제정신이 아닐 줄이야."

유안이 작게 신음을 내뱉으며 다리를 소켓에 끼워 넣었다.

"당신과 협력하기로 한 게 몹시 후회되네요."

"내가 제정신이 아닌 건, 이미 어젯밤에 충분히 알았으리라고 생각했는데요."

"다른 방법이 있었을 텐데 굳이 이런 짓을 해요?"

"우리 둘만 자연스럽게 빠져나오려면, 이 방법 밖에 없었어요."

남의 다리를 언질도 없이 분질러놓고 미안한 기

색이 없는 레오의 얼굴을 보자, 유안은 더 화가 치밀었다. 방금 그 상황은 사람들의 구경거리가 되는, 유안이 정말로 피하고 싶었던 상황이었다. 하지만 당장은 므레모사에 대해 뭔가를 알고 있는 듯한 그의 계획을 따라야 했다.

다리를 연결하고 문제가 없는지 살피는 데에는 약간의 시간이 걸렸다. 유안이 무리 없이 다리를 제자리에 돌려놓자, 레오가 손을 내밀었다.

"일어날 수 있죠?"

"손 치워요. 다음 계획이나 말해요."

레오는 히죽 웃으며 손을 거두더니, 주머니에서 무언가를 꺼내 내밀었다.

"그럼 우선 이것부터."

어젯밤 그를 마약 운반상이라고 오해하게 만든 그 약이었다. 어젯밤에도, 아침에도, 그리고 트레킹 중에도 이것을 두 알씩 삼켰다. 레오는 이 약이 '위험한 것'으로부터 유안을 지켜줄 것이라고 했다. 몸이 좀 둔감해지고 통증이 약간 무뎌지는 것 외에는 별다른 반응이 없어서, 환각이나 착란을 유발하는 약이 아닌 것까지는 확실히 알겠지만,

도저히 무슨 기능을 하는 것인지 알 수 없었다. 유안은 약을 입에 털어 넣고, 생수를 마셨다. 레오는 생수 없이 그것을 그냥 삼켰다.

레오가 창문을 향해 바깥을 살폈다. 귀환자 한 명이 회관 앞에 앉아 있었지만, 그는 안에서 일어나는 일에는 전혀 관심이 없어 보였다. 하지만 정문으로 나가서 굳이 시선을 끌 필요는 없어 보였다. 레오는 식당 쪽을 한 바퀴 돌더니 잠겨 있는 뒷문을 발견했다. 주방 바깥으로 이어지는 문이 있었다. 유안이 절뚝거리며 뒷문으로 다가갔다. 문손잡이를 돌려보았지만 문은 쉽게 열리지 않았다.

"가방에서 수리 키트를 꺼내줘요. 검은색 파우치예요."

유안의 명령조에 레오는 군말 없이 유안이 내려놓은 가방에서 파우치를 꺼내 지퍼까지 열어서 내밀었다. 유안은 집에서 열리지 않는 문손잡이를 분해했을 때의 경험을 떠올리며 나사를 돌려 분해했다. 나사를 풀고 힘을 주어 몇 번 흔들자 손잡이가 뚝 떨어져 나왔다. 평범한 목재식 건물이어서 그런지 특별한 보안장치가 되어 있는 것 같지는

않았다. 분리된 문손잡이는 대충 자루에 처박아두
었다.

문이 천천히 바깥으로 열렸다. 레오가 고개를
끄덕이며 말했다.

"가봅시다. 뭐가 있는지 확인해보자고요."

아까 가이드가 일행을 이끌고 간 방향은 광장의
동쪽이었다. 레오는 그와 반대로 서쪽으로, 돌담
에 둘러싸인 마을의 경계 부근으로 향했다. 귀환
자들의 눈에 띄지 않게 그들의 시선을 피하며 나
무 사이로, 담장 뒤편과 건물 벽에 몸을 숨겨가며
이동했다.

그러던 중 유안은 문득 섬뜩한 무언가를 깨달았
다. 귀환자들의 움직임이 변해 있었다. 아까 여행
자들이 므레모사에 들어섰을 때 그들은 환히 웃었
고 여행자들을 반기는 표정이었으며 평범한 시골
마을 사람들처럼 보였다. 그런데 지금 여행자들의
시선을 벗어난 그들의 표정은 매우 어두웠고, 움
직임도 느려져 있었다. 느리게 이동하며 햇빛으로
부터 광합성을 하듯이, 어딘가에서 에너지를 흡수

하듯 아주 천천히 움직이고 있었다.

"좀비들의 마을. 이렇게 보니 그리 틀린 말은 아니었네요. 저 사람들, 뭔가를 숨기고 있었군요."

유안이 속삭였다. 물론 그것은 유안이 원하던 풍경은 아니었다. 유안이 보려고 했던 므레모사의 진짜 모습은…… 조금은 다른 곳에 있는 것 같았다. 레오도 미간을 살짝 찌푸리며 귀환자들의 느릿느릿한 움직임을 지켜보았지만, 무어라고 말을 보태지는 않았다.

레오는 마을 안쪽을 둘러보며 무언가 찾는 듯했지만, 커다란 나무와 기둥들, 그리고 돌벽이 가득한 므레모사를 조망하기에는 눈 앞에 방해물이 너무 많았다. 유안과 레오는 마을의 경계에 있는 담장 앞에 도착했다. 어른 키 정도의, 그리 높지는 않은 담장이었다. 게이트는 이르슐 직원이 지키고 있을 테니 담을 넘어야 했다. 렘차카의 가시철망이 아닌 게 다행이었다.

"먼저 넘어요."

레오가 조금 도와주자 유안은 가볍게 담을 넘었다. 일부가 엉망이 되긴 했지만, 몸을 쓰는 것은 유안도 평생 해온 일이었다. 유안이 먼저 흙 위에 발을 디뎠고, 레오도 덩치답지 않게 큰 소리를 내지 않고 가뿐히 담장을 넘어왔다.

담장 밖에는 조용하고 그림자 진 어두운 숲이 펼쳐져 있었다.

숲으로 들어서자 므레모사의 공기를 가득 채웠던 달콤한 냄새 대신, 숲의 축축한 냄새가 느껴졌다.

이곳 숲은 므레모사 귀환자들을 오랫동안 먹여 살려온 숲이었다. 곳곳에는 버섯이나 열매를 채집하지 말라는 경고문이 붙어 있지만 그들 중 아무도 개의치 않는다고, 귀환자에게는 이곳에서 나는 과일과 버섯, 약초가 필요하다고, 가이드는 지나가듯 이야기했다.

그런데 이쪽의 풍경은 아까 트레킹하면서 보았던 숲과는 좀 달랐다. 플랜트 쪽의 숲은 마치 외부인들이 드나들 것을 예상한 것처럼 정돈되어 있었다. 나무둥치가 우거지거나 징그럽게 버섯들이 자라나거나 하는 일도 없었다. 하지만 이 숲은 사람들이 밟아서 만든 길의 흔적 외에는 어떤 인공적인 길도 보이지 않았고, 몇 걸음 지나갈 때마다 얼굴과 옷에 달려드는 거미줄들을 걷어내야 했다. 유안은 시선을 돌렸다가 기이한 모양을 지닌 거미줄을 발견했다. 마치 거미가 약에 취해 만든 것처럼 중간중간 실들이 끊어져 있었다.

레오는 둥글게 말린 종이 시트지를 죽죽 찢어 손에 쥐었다. 처음에는 메모지 같은 것인가 했는데, 레오는 그것을 바닥의 진흙 위나 고인 물웅덩이에 꽂았다. 연노란색이었던 종이 시트지는 갑자기 피를 머금은 듯한 새빨간 색으로 변했다. 유안은 그것이 어떤 화학물질의 잔류를 테스트하는 종류의 시험지일 것이라고 짐작했다.

레오가 어느 한쪽에 시선을 고정하고 있길래 따라 고개를 돌려보니, 그곳에 나무둥치 주위를 배회하는 자그마한 회색 토끼가 보였다. 레오는 천천히 그쪽으로 다가갔다.

"잡으려고요?"

"쉿."

회색 토끼는 인간의 존재를 알아챈 듯했지만, 이해할 수 없는 행동을 보였다. 곧바로 도망치거나 나무 위로 뛰어 올라가는 대신, 아주 느린 속도로 제자리를 배회하기 시작한 것이다. 레오는 가져온 올가미로 토끼를 포획하기 위해 애써보았지만 토끼는 올가미를 피해서 움직였다. 그러나 움직임이 둔해서 잡을 방법이 있을 것 같았다.

"이쪽으로 몰아요."

유안이 그렇게 말하며 멀찍이 물러나자, 레오는 유안이 하려는 것을 눈치챘는지 토끼를 유안 쪽으로 몰기 시작했다. 토끼의 움직임이 마치 아픈 것처럼 느리고 둔했으므로, 유안은 두어 번의 시도 끝에 토끼를 낚아챌 수 있었다.

"유안 씨는 몹시 날래군요"

"농담하는 거예요?"

유안이 시큰둥하게 대꾸하자 레오는 어깨를 으쓱하더니 말했다.

"잠시 그대로 들고 있어줘요."

레오는 물통을 열더니, 납작한 뚜껑에 물을 조금 부었다. 그러고는 어제 유안의 짐에 숨겨두었던 약 하나를 꺼내서 캡슐을 열었다. 뚜껑의 물에 가루를 녹이고 레오는 토끼의 입을 벌려 물을 먹이기 시작했다. 유안의 양손에 쥐어진 토끼는 바둥거리긴 했지만 이상할 정도로 힘이 없어서 물을 먹이는 것은 어렵지 않았다.

"이제 그 녀석을 놓아줘요."

"기껏 약을 먹여놓고 다시 놓아주라고요?"

유안은 토끼를 땅에 내려놓아주었다. 토끼는 갑자기 활력이 돌아온 듯 빠른 속도로 유안에게서 달아나기 시작했다. 그러더니, 이상하게도 나무 몇 개를 지나쳐 얼마 못 가 픽 쓰러졌다. 토끼는 배를 뒤집은 채 바둥거리고, 찍찍거리며 울더니, 순식간에 움직임을 완전히 멈추어버렸다.

유안이 물었다.

"지금…… 나에게 준 그 약으로 저 녀석을 죽인 거예요?"

가까이 걸어간 레오가 토끼를 양손으로 쥐어 올렸다. 눈알이 뒤집혀 있고 입가에 피가 묻어 있다.

"그 반대입니다. 이 녀석은 이미 죽어가고 있었어요. 해독 작용이 되는지 시험해보았지만, 소용이 없는 거고요."

레오가 착잡한 표정으로 토끼를 땅에 내려놓았다.

"이곳 동물들은 무언가에 중독되어 있습니다. 토끼뿐만 아니라 거미들까지도 그 물질에 취해 있어요. 그리고 내 예상대로라면…… 그건 저 플랜트에서 만들어지는 생화학 무기예요. 커맨드라는 이름을 지녔죠."

"플랜트는 수십 년 전에 가동을 멈췄잖아요. 이르슐이 지금도 그걸 만들고 있다고 생각하는 거예요?"

"아직도 만들고 있는 건지, 아니면 예전에 만든 무기를 지금 사용하고 있는 것인지, 그건 나도 모르겠어요. 중요한 건 커맨드가 어떤 역할을 하는가예요. 커맨드에 대해 공개된 정보는 거의 없지만, 확실한 건, 그건 단순히 인간의 신체를 무너뜨리기만 하는 게 아니라는 거죠. 그것뿐이라면 이르슐이 그렇게 철저히 이곳의 존재를 숨겨오지 않았겠죠. 처음 그걸 고안해낸 사람들은…… 인간을 지배하고자 했어요. 강력한 암시와 조종을 걸어 정신을 무너뜨리는 것, 그게 핵심이에요. 그건 아주 달콤한 냄새를 풍겨요. 마치 꿀벌을 유혹하는 꽃처럼 인간을, 동물들을 끌어들이는 거예요. 그리고 그 냄새에 중독되는 순간, 암시는 우리의 정신을 파고들죠."

분명 이곳에서도, 공기 중에 섞인 희미한 냄새의 존재를 느낄 수 있었다. 혼란스러운 질문들이 유안의 머릿속으로 파고들었다. 므레모사에서 나던 짙은 냄새가 커맨드일까? 그렇다면 왜 여행자들을 대상으로, 무엇보다 이곳의 주민들에게까지 그 위험한 물질을 노출시키고 있는 걸까? 도대체 누가 이 일의 배후에 있으며, 무슨 의도로 그런 짓을 벌인단 말인가? 그 암시의 내용은 무엇일까?

혹시 이 모든 일들이, 유안이 찾던 것과 관련이 있을까?

"유안, 이쪽으로 와요. 여기에 길이 나 있어요."

"이게 당신이 말한 함정이군요. 당신은 이 모든 걸 어떻게 알고 있는 거죠? 왜 알면서도 온 거죠? 고발하기 위해 증거를 수집하러 왔나요? 이렇게까지 무모하게 위험을 무릅쓰면서……."

그의 의도도 짐작이 가지 않았다. 레오는 대답

하지 않고 성큼성큼 걸었다. 유안의 오른쪽 다리에서 극심한 통증이 느껴졌지만 레오를 놓치지 않으려면 부지런히 따라가야 했다. 레오는 말없이, 어디론가 확신을 가지고 걸어가고 있었다. 유안은 레오가 가는 방향이 숲의 안쪽이라는 것, 그리고 그곳에 사람들의 자취가 있다는 것을 깨달았다. 공기에는 불길한 무언가가 섞여 있었다. 축축하고 불쾌한, 고기가 썩어가는 듯한 냄새가. 그리고 그 역겨운 냄새는 점점 짙어지고 있었다.

다음 순간 유안은 비명을 지를 뻔했다.

그곳에는 시체들이 있었다. 귀환자들이 입고 있던 낡은 천 옷을 입은, 그러나 각기 다른 시일에 죽은 것처럼 부패의 정도가 다른 시체 세 구였다. 시체 하나는 이미 너무 많이 훼손되어 있어 얼굴을 전혀 알아볼 수 없었지만, 다른 두 시체는 최근에 죽음을 맞이한 듯 형체가 남아 있었다. 그중 가장 멀쩡해 보이는 시체는 30대 정도의 남성으로 보였는데, 배에 칼이 꽂혀 있었다.

시체의 얼굴을 살펴보다 유안은 그 남자를 본적 있다는 것을 깨달았다. 아침에 플랜트에서 마주쳤던 무리 중 하나, 제발 나를 데려가라고 말하던 그 남자.

죽은 남자의 입에서 벌레들이 끊임없이 기어 나와 겉옷 안을 비집고 들어갔다. 새들이 땅으로 흘러내린 내장을 쪼아 먹고 있었다. 바닥으로 떨어지는 구더기들이 몸을 비틀며 툭툭 튀어 올랐다.

"난 누군가를 찾기 위해 여기 왔어요."

레오가 눈앞의 시체들을 보며 말했다.

"하지만 그 전에 확인해야 했습니다. 내가 짐작한 것이 정말로 맞는지를……. 불행히도 나는 틀리지 않았네요."

다른 여행자들이 돌아오기 전, 가이드가 사라진 두 사람의 행보에 의심을 갖기 전에 얼른 원래 있던 장소로 가야 했다. 레오의 발걸음이 아까보다 빨라졌다. 시체를 확인한 이후로 그의 표정이 극도로 어두워져 있었다. 유안은 아까부터 무거운 안개가 자신의 몸을 짓누르는 것 같다고 느끼며, 둔감해지는 몸을 움직여 겨우 레오를 따라잡았다.

돌담을 넘기 직전에 유안은 물었다.

"그럼 귀환자들은 커맨드의 정체를 모른 채 여기 사는 건가요? 아니면 원치 않는데도 강제로 끌려온 걸까요?"

"둘 다 맞아요. 커맨드의 정체를 모른 채로 끌려온 거죠. 정확히 말하면, 그들은 애초부터 므레모사의 귀환자가 아닙니다."

레오가 유안을 담장 위로 올려 보내주며 말했다.

"누군가가 그들을 이곳의 귀환자처럼 생각하고 행동하도록 암시를 건 거예요. 소모품으로 이용하는 거죠."

충격적인 이야기였다. 그러나 그렇게 생각하니 어떤 의문점들이 풀렸다. 이르슐 출신들이라고 하기에는 지나치게 이국적인 외모를 가진 것 같은 므레모사의 귀환자들. 사고가 수십 년 전 발생한 일인데, 그 이후에 고향을 찾아 돌아왔다고 하기에는 그들의 연령대가 생각보다 높지 않다는 것까지.

유안과 레오는 발소리를 죽이면서 건물과 건물 뒤편, 나무 사이를 움직여 원래 장소로 향했다. 이상하게도 아까보다 더 많은 귀환자가 거리를 돌아다니고 있었다. 그리고 그들 중 상당수는, 일하거나 특정한 목적지로 향해가는 것이 아니라 그저 몽롱한 눈빛으로 거리를 배회하는 중이었다. 공예품을 파는 상점을 지나쳐 광장을 건너려고 하는데 갑자기 레오가 방향을 틀어 다른 쪽으로 가는 것이 보였다.

"레오, 그쪽이 아니라……."

"잠깐만요."

유안은 레오를 뒤따랐다. 광장 한편에 모인 대여섯 명의 귀환자들 무리가 무슨 일을 하는 것인지 이해할 수 없는, 기이한 행동을 하고 있었다. 그들은 양동이에 물병 여러 개를 가득 담아 왔는데 그것을 하나씩 나누어 들고는, 므레모사의 곳곳에 있는, 흰 천을 두른 기둥처럼 생긴 장식물 앞에 무릎을 꿇었다. 그러고는 마치 제단에 기도를 드리듯 고개를 조아리며 물병을 열어 기둥 아래에 붓고 있었다. 천이 살짝 펄럭이며 드러난 장식물 아래는 가까이서 보니 징그럽게 얽힌 나무뿌리 같았다. 저들은 일종의 종교의식을 하는 것일까?

유안은 아까는 제대로 살펴보지 않았던 귀환자들의 얼굴을 살폈다. 이제 와 보니 그들은 대부분 나이가 젊어 보였다. 다만 지친 기색과 초췌한 낯빛, 구부정한 자세와 느린 걸음 때문에, 언뜻 보면 노인처럼 보이는 것뿐이었다.

그때 레오가 그들의 뒤로 휙 뛰어가더니, 그들 사이에 무언가를 놓고 다시 나무 뒤로 도망쳐 왔다. 그의 무모한 행동에 유안은 기겁했지만, 장식물에 정신이 팔렸던 귀환자들은 잠시 시간이 흐른 후에야 레오가 놓아둔 물건을 발견했다.

저게 뭐지? 유안은 눈을 가늘게 뜨고 그 물건들을 보았다. 처음에는 제대로 알아볼 수 없었다. 귀환자들이 한 발짝씩 물러나며 시야가 확보되자, 그들 사이에 놓인 것이 어떤 단체의 휘장이 그려진 작은 깃발, 너덜너덜한 홍보 포스터, 그리고 레오의 간식 박스에 가득 들어 있던 비스킷이라는 것을 알 수 있었다.

순간 귀환자 중 하나가 그 물건들 앞에 털썩 무릎을 꿇더니, 머리를 쥐어뜯기 시작했다.

"아아아아아악!!"

고막을 찢을 듯한 비명이었다. 유안은 공포를 느꼈다. 그 여자 옆의 다른 귀환자들도 물건을 살펴보더니 이해할 수 없는 새된 비명을, 악을 쓰기 시작했다. 그러나 레오는 나무 뒤에 몸을 숨긴 채 꿈쩍도 하지 않고 있었다. 귀환자들은 정신이 나간 것처럼 주위를 둘러보더니 유안과 레오가 숨어 있던 나무 쪽으로 비틀거리며 걸어오기 시작했다. 어떤 귀환자가 오래된 포스터를 비명을 지르며 갈기갈기 찢어버렸다. 종이가 너덜거리며 바닥으로 흩어졌다. 파편이 되어 흩어진 포스터는 제대로 알아볼 수 없었지만, 그 순간 유안의 눈에 어떤 영어 문구들이 들어왔다.

'아델' '그들에게 희망을' '죽음의 땅으로'.

"카아아아악!!"

나무 뒤에 숨어 있던 유안과 레오를 발견한 귀환자는 목이 쉰 듯한 비명을 지르며 두 사람에게 달려들었다. 아까의 느린 걸음에 비하면 놀라울 정도로 빠른 속도였다.

"뛰어요!"

레오가 그렇게 외치며 유안의 손목을 잡고 뛰었

다. 광장을 가로지르는 동안 유안은 그들이 가져온 양동이를 밀어 넘어뜨렸고 귀환자들은 그것을 밟고 미끄러지거나 저들끼리 충돌해서 바닥에 쓰러졌다. 레오는 휘장이 그려진 깃발을 주워서 품에 찔러넣고, 포스터의 조각을 회수했다. 비스킷들은 바닥에 밟힌 채로 나뒹굴었다. 시끄러운 소리에 회관 앞에 서 있던 보안국 직원들이 몰려들었다. 그들은 유안과 레오가 도망치는 것을, 그리고 그 뒤를 귀환자들이 쫓아오는 것을 목격하고는 당황한 표정으로 다가왔다. 하지만 그들은 귀환자들을 어설프게 팔로 제지해보려고 할 뿐이었다. 유안은 그 짧은 순간에 직원들이 귀환자들을 통제하는 것이 아니라, 오히려 그들을 대단히 두려워하고 있다는 느낌을 받았다. 직원들은 귀환자들에게 손을 대는 것조차도 망설이고 있었다. 그들 역시 이 자리에서 얼른 도망치고 싶어하는 것처럼 보였다.

귀환자들의 난동은 레오와 유안이 회관 정문 앞으로 도망쳤을 때, 그리고 돌아오는 가이드와 일행을 마주쳤을 때 겨우 끝이 났다. 귀환자들이 악을 쓰며 레오와 유안을 쫓아오는 것을 발견한 가이드가, 얼른 달려와 귀환자들에게 화를 내며 손을 휘저었다.

"멈춰요! 이게 뭐 하는 짓이에요!"

보안국 직원들의 제지에는 신경조차 쓰지 않던 귀환자들은 가이드의 날카로운 목소리를 듣더니 행동이 얌전해졌다. 당장이라도 유안과 레오를 죽일 것처럼 달려들던 귀환자들은 갑작스레 동력이 끊긴 태엽 인형처럼 멈추어 섰고, 온순해졌다. 가이드는 한숨을 푹 쉬며 레오와 유안에게 다가왔다.

"아휴, 마을 주민들이 오늘따라 말썽이네요. 다치지는 않으셨죠? 그런데 두 분은 왜 밖에 나와 계셨어요?"

가이드가 걱정스러운 표정으로 유안을 살폈다. 그 시선은 동시에 서늘했다.

"유안 씨 다친 곳을 치료하고, 잠깐 숨 돌리고, 조금 전에 나왔죠. 평생 다시 없을 투어인데 우리끼리 산책이라도 하려고요. 그런데 다들 돌아올 때가 돼서 갑자기 이런 봉변을…… 하하. 오늘은 유안 씨 운이 영 나쁜 날인가 봅니다."

레오가 별거 아니라는 듯이 둘러대며 웃었다.

가이드가 온 방향에서 헬렌과 주연, 이시카와가 걸어왔다. 그들은 아주 즐거운 일을 겪은 듯 서로 깔깔대며 대화하고 있었는데, 분명 조금 전 유안과 레오에게 벌어진 일을 목격했을 텐데도, 전혀 당황하지 않은 것처럼 유안을 반겼다.

"어때요, 유안 씨 다리는 괜찮아요? 몇 시간 동안 심심하셨겠다."

"우리끼리 재밌게 보냈답니다. 그나저나 가볍게 산책만 했는데, 브레모사는 멋진 곳이더군요."

레오가 어깨를 으쓱했다.

"그렇지. 브레모사는 아주 놀라운 곳이야. 자네들도 그걸 알게 되었다니 다행이군."

헬렌이 무언가에 홀린 듯이 말했다.

가이드가 쾌활하게 말했다.

"이제 식당으로 갑시다. 귀환자들과 함께 만찬을 들기로 했어요."

다른 여행자들과 가이드를 뒤따라가며 유안이 레오에게 말했다.

"정말 멋진 곳이네요. 이곳 므레모사는."

"그렇죠?"

레오가 싱긋 웃었다. 그것은 억지로 자아낸 미소처럼, 섬뜩한 긴장감이 어려 있었다. 유안도 이제 알 것 같았다. 레오가 므레모사에 무엇을 확인하러 왔는지. 이곳에서 무슨 일이 벌어지고 있는지.

*

저녁 만찬은 므레모사의 한 식당 야외 좌석에 마련되었다. 불이 환하게 켜진 안쪽에서는 귀환자들로 보이는 직원들이 쉴 새 없이 음식을 날라 테이블에 늘어놓았고, 야외 좌석에 모인 여행자들은 어딘가 잔뜩 들떠 있었다. 해가 조금씩 지기 시작해 하늘이 노을로 불그스름해졌다. 고작 몇 시간 사이에 그들에게도 많은 일이 일어난 모양이었다. 유안은 자리를 먼저 잡은 다음 "잠시 실례할게요" 말하고 화장실로 들어갔다. 바지를 접어보니 다리 소켓 부위에 피가 잔뜩 묻어 있었다. 레오가 유안을 일부러 넘어뜨린 일에 이어, 귀환자들과의 몸싸움에 휘말릴 뻔했던 일까지, 한시도 몸을 가만두지 않았으니 당연한 일이었다. 옷은 거미줄과 흙먼지에 더러워져 있었다. 유안은 레오가 준 약을 두 알 삼켰다. 정신이 몽롱하며 감각이 둔해지는 기분이었다. 레오는 시간이 지나면 이 약이 전신의 감각을 매우 무디게 만들 것이라고 경고했다. 이 약 때문에 엉망이 된 몸 상태에 비해 통증이 덜한 것인지도 몰랐다.

식당으로 돌아와 보니 분위기는 술이라도 다들 거하게 걸친 것처럼 왁자지껄했다. 테이블 두 개에 주연과 이시카와, 헬렌과 가이드가 띄엄띄엄 앉고, 중간에 얼굴을 모르는 므레모사의 귀환자들이 합석해 있었다. 그들은 밖에서 보던 귀환자들보다는 오히려 가이드와 비슷한 부류였다. 즉 훨씬 젊어 보였고, 옷이 깔끔했고, 총명해 보였으며 영어를 잘했다. 주연이 그들을 향해 열변을 토하고 있었다.

"그러니까 솔직히 말하면, 우린 다들 므레모사가 좀비 마을일 거라고 상상했어요. 밖에서는 그런 다큐멘터리가 많이 나왔거든요. 여기 와서 귀환자분들을 직접 취재할 수는 없으니까, 엉성한 그래픽으로 꾸며내기도 하고, 위성사진 확대해서 추측하고…… 다들 믿은 거죠. 피부가 썩어가고, 허리는 이만큼 굽고, 눈이 시뻘게진 사람들이 사는 곳이라고요. 그래서 우리 채널 구독자들이 여길 꼭 가보라고 떠민 것도 맞아요. 다들 저에게 모두 엄청 자극적인 경험담을 기대하겠죠! 하지만 그러지 않을 거예요. 여기 본 그대로 말할 거라고요. 므레모사는 그런 곳이 아니었다고요. 여러분을 만나고도 어떻게 그런 말을 하겠어요?"

실컷 떠들어대던 주연이 뒤늦게 유안의 존재를 알아차렸다는 듯이 고개를 돌렸다.

"아, 언니. 원래 오늘은 우리 참가자들끼리 식사를 하는 자리였는데, 조금 전에 귀환자분들이 우리를 초청하고 싶다고 해서…… 너무 좋잖아요. 사실 이렇게까지 환대해주실 줄은 몰랐거든요. 그래도 현지 분들이랑 이렇게 이야기 나누니까 정말 좋네요."

시끌벅적한 테이블에서 유안과 레오는 마주 보며 눈짓을 했다. 도대체 무슨 대화가 오간 것인지,

지금은 무슨 대화가 오가는지 따라갈 수가 없었다. 옆에서 주연이 한 귀환자의 말을 듣더니 깔깔대며 말했다.

"그럼요, 세상의 모든 사람들이 여러분으로부터 배우게 될 거예요! 다들 이 마을을 좋아하게 될 거예요. 여긴 활력이 있어요. 생동감이 있고요. 나가게 되면 그 이야기를 꼭 할게요. 여기 와서 보라고, 기회가 되면 꼭 저도 다시 올 거예요. 그때는 제 철없는 남동생 녀석도 좀 데려와야겠어요."

귀환자들이 "그럼요, 언제든지 꼭 다시 오세요." 하고 맞장구를 쳤다. 대화 속에서 기시감이 느껴졌다. 활력과 생동감. 죽음의 땅이 아닌 삶의 터전. 함정에 빠지는 것. 마침내 그 함정을 구성하는 하나의 부품이 되는 것……

다른 쪽 테이블에서는 이시카와와 헬렌이 진지한 목소리로 대화를 나누고 있었다.

"저는 여기 오래 머무는 쪽으로 마음이 갑니다. 장기 거주 프로그램도 오픈할 거라고 들었던 것 같아서요. 제가 지금 하는 연구에도 적격이고, 몇 달 머물면서 투어 내용을 정비하는 데에 도움을 드리고 싶다는 생각도 있습니다."

"나도 좀 더 오래 머물 수 있으면 좋겠는데. 일반 여행자들은 그런 프로그램이 없나? 도시와 떨어져 여유로운 휴가를 보내고 싶은 이들에게도 적격이라는 생각이 드네. 적막한 환경, 친절한 현지인들, 아름다운 숲. 비극의 땅으로만 소비하기에는 생각했던 것보다 훨씬 좋은 곳이군. 이르슐의 보안 정책이 있으니 누구에게나 쉽게 열기는 힘들겠지만 말이야."

"여기 남으시겠다고요? 떠났다가 다시 오는 게 아니고요?"

레오가 끼어들자 이시카와가 고개를 끄덕였다.

"장기 거주 준비를 안 해오긴 했지만, 그건 크게 문제가 안 됩니다. 여기도 사람 사는 곳이고, 필요한 물건들은 다 구할 수 있으니까요. 한 번 나가면 다시 찾아오기 힘든 장소이니, 곧바로 연구를 본격적으로 하고 싶다는 생각이 들었습니다. 이곳은 비극을 찾아 여행하는 사람들에게 충격을 줄 수 있는 장소입니다. 사람들의 생각을 바꿀 겁니다. 통념을 깰 거고요. 므레모사는 새로운 투어리즘의 중심이 될 겁니다."

들떠서 이야기하는 이시카와의 말투는 기묘했다. 그 말에는 합리성이 결여되어 있었다. 짧은 투어 일정으로 온 곳에 갑자기 눌러앉겠다는 것도, 어제까지만 해도 '여행지로서의 매력이 없다'고 주장하던 걸 단번에 뒤엎은 것도. 그들은 마치 암시에 걸린 사람들처럼 말했다. 이 장소에 남아야만 하는 사람들처럼……

퍼뜩 유안은 그 암시의 내용이 무엇인지를 깨달았다. 그때 옆 테이블에서 와장창 소리가 났고, 누군가가 잔을 크게 부딪치다가 음식 그릇을 엎은 것 같았다. 그렇지만 아무도 바닥에 떨어진 그릇을 신경 쓰지 않았다. 음식을 나르던 귀환자가 바닥의 깨진 그릇을 아무렇지 않게 치웠다. 유안이 그것을 돕는 척하며 자리를 빠져나가려고 허리를 굽히는데, 옆에서 주연이 크게 소리쳤다.

"그렇죠, 여기서 묵는 거예요! 그게 제가 하고 싶은 말이에요!"

주연이 오늘 밤을 므레모사에서 보내자고 들떠 주장하고 있었다. 이시카와도, 헬렌도 고개를 연신 끄덕였다. 역시 여행의 즐거움은 현지인들과 보내는 시간이라느니, 이런 아름다운 마을에서 하루를 보내는 것이 저 삭막한 기지의 숙소보다 훨씬 낫겠다느니 하며 말을 거들고 있었다.

"저는 숙소에 꼭 돌아가야 하는데요. 필요한 물건이 있어서요."

그 말에 사람들의 시선이 유안을 향했고 유안은 아주 잠깐, 테이블의 분위기가 차가워졌다고 생각했다. 레오가 싱긋 웃으며 유안의 어깨에 손을 올렸다.

"가이드에게 부탁할 수 있지 않을까요?"

가이드가 호들갑을 떨었다.

"네, 제가 필요한 물건을 가져다드릴게요! 어차피 밴으로는 얼마 안 걸리는 거리니까요."

도대체 무슨 생각인 걸까? 여기에 그냥 남으라고? 유안이 의심스러운 표정으로 레오를 보았지만, 레오가 표정 하나 변치 않았으므로 유안은 그냥 입을 다물었다.

"언니, 너무 걱정하지 마세요. 여기도 편한 침대가 다 있대요. 정 같이 묵는 게 불편하면 게스트용 숙소도 있고요. 저랑 이시카와는 그냥 바닥에서 자도 상관없는데, 언니는 제일 편한 방으로 찾아 달라고 할게요."

주연이 말했다.

"그나저나 탄은 어디로 갔죠?"

레오가 물었다.

"곧 돌아올 겁니다."

가이드가 말했다.

"탄에게 지금 바로 받아야 할 물건이 있는데요."

레오가 자리에서 일어섰다.

"잠시 탄을 찾아보고 오겠습니다. 어두워져서 길을 못 찾으면 큰일이잖아요."

"괜찮습니다. 탄은 제대로 찾아올 거예요."

가이드가 싱글거리며 말했다.

"탄 말이죠? 아하하. 탄은…… 정말이지 바보 같은 녀석이에요."

주연이 깔깔 웃었다.

또다시 밖에서 들어온 므레모사의 귀환자들이 이번에는 술과 음식이 가득 들어 있는 자루를 들고 있었다. 그것을 테이블 위에 펼쳐놓자, 여기저기서 환호성이 터졌다. 유안이 레오의 옷깃을 잡아끌었다. 지금 무슨 일이 벌어지고 있건, 일단은 이 분위기에 맞춰야 할 것 같았다. 헬렌이 유안의 손짓을 보더니 잇몸이 다 드러나게 히죽 웃으며 말했다.

"탄 그 녀석, 아까는 호기심이 과도했지. 그렇고 말고. 플랜트 안쪽을 자꾸 궁금해하는 게 아닌가. 기사를 쓰겠다고 말야. 그러더니 결국 가이드에게서 허락을 받아냈지! 하지만 그자는 큰 실수를 한 거야."

헬렌의 말에 상황은 더 미궁으로 빠져들었다. 레오가 이번에는 화장실에 가겠다며, 자신을 붙잡는 가이드의 손길을 뿌리치고 결국 자리에서 일어섰고, 불안해진 유안도 자리에서 일어나 레오를 따라 코너를 돌았다.

"레오, 이제 어쩌죠? 다들 이미 암시의 영향을 받아서……."

레오는 대답이 없었다. 무언가를 발견하고는 그 자리에 붙박인 듯 멈춰 서버렸다. 거리의 귀환자들도 레오도 어느 한쪽을 보고 있었다. 장면이 고정된 것 같았다. 유안도 그곳을 보았다.

탄이 비틀거리며 식당을 향해 걸어오고 있었다. 독을 마신 것처럼 피부가 파랗게 변해 있었다. 그는 품에 수첩을 안고 있었는데 그것은 피로 젖어서 시뻘겠고 당장이라도 떨어트릴 것처럼 손을 부들부들 떨고 있었다. 유안이 소리쳤다.

"탄!"

탄은 그 자리에 우뚝 멈추어 섰다. 시간도 같이 멈춘 것 같았다. 유안이 탄에게 달려가려는 순간, 탄은 피를 왈칵 쏟으며 쓰러졌다.

"아, 안 돼. 탄!"

"움직이지 말아요."

잘못 들었나 의심했지만 분명히 지금 레오가 속삭인 것이었다. 유안은 레오의 표정을 보았고, 그가 유안에게 경고하고 있다는 것을 알았다. 무언가 잘못되었다. 하지만 무언가 잘못되었음을 아는 척해서는 안 된다.

바닥에 쓰러진 탄이 쿨럭이며 피를 더 토하고는 바들거리던 움직임을 멈추었다. 코너 옆에서 큰 소리가 나자 자리에 앉아 있던 사람들이 일어나

다가왔다. 그중에는 주연도 이시카와도 있었다.

"괜찮아요, 여러분. 약간 일이 생겼지만 괜찮아요."

가이드가 생글거리며 말했다.

"자리로 돌아갈까요? 식사를 계속 해야죠!"

그 말에 주연도, 이시카와도, 다른 모든 귀환자들도 일제히 방향을 돌려 자리로 돌아갔다. 마치 아무 일도 없었던 것처럼. 의자가 끼익 대며 바닥을 긁는 소리, 식탁에 식기가 부딪치는 소리, 그리고 주연과 헬렌과 귀환자들의 웃음소리가 들려왔다.

다들 깔깔 웃고 있었다. 유안은 미쳐버릴 것 같았다. 모두 정신이 나간 것 같았다. 맞은편의 레오도 박수를 쳐대며 와하하 웃었다. 가이드의 시답잖은 농담에 우스워서 눈물을 흘리고 있었다. 탄은 정말 용감했다며, 탄의 마지막 모습이 재미있지 않았냐며 웃음을 터뜨렸다. 귀환자들이 술잔을 치켜들었다. 가이드도 술잔을 들었다.

"므레모사에 오신 여러분을 환영하며!"

유안은 일그러진 표정으로 레오를 보았다. 잘못

되었다. 한참이나 잘못되었다. 이미 함정에 빠져 있었다. 빠져나갈 길이 없었다.

"유안 씨는, 어딘가 불편하신가요?"

가이드가 생긋 웃으며 말을 걸었을 때 유안도 떨리는 손으로 뒤늦게 술잔을 들었다.

"아뇨, 저는……."

레오가 유안을 빤히 보고 있었다. 레오가 작게 고개를 저었다. 그러나 기이한…… 어떤 거부할 수 없는 인력이 유안에게 술잔을 입에 가져다 대게 했고, 술을 한 모금 넘기게 했다. 마치 부드러운 목소리가 귀에 대고 이렇게 속삭이는 것 같았다.

이곳을 떠나지 마.

술에서는 아주 달콤한 냄새가 났다. 므레모사를 계속 떠돌고 있던 그 황홀한 냄새였다.

6

"유안."

몸이 수천 톤의 금속에 짓눌리는 것 같았다.

"유안! 정신 차려요."

누군가 뺨을 치고 있었다. 유안은 기침하며 눈을 떴다. 안개 속에 있는 것처럼 온몸이 무거웠다.

"결국 마셨어요?"

커다란 손이 유안의 입을 벌리더니 손으로 혓바닥 안쪽을 쑤셨다. 유안은 눈물을 흘리며 먹은 것들을 다 토해냈다. 그러고 나서야 정신을 차렸다. 이곳은 아주 좁은 공간이었다. 샤워기와 대야 따위가 놓여 있는 욕실처럼 보였다. 불은 꺼져 있었

고 환기창을 통해 들어오는 달빛이 유일한 조명이
었다. 그리고 눈앞에 레오가 있었다. 그가 또다시
약을 내밀었고, 유안은 구토할 것 같았지만, 그 약
만이 자신을 구해줄 유일한 것임을 알기에 그것을
삼켰다. 마실 물은 샤워기에서 나오는 물뿐이었고
비릿한 맛이 났다.

"잘 들어요. 지금부터 밖으로 나갈 겁니다. 내가
당신에게 준 약, 그것 때문에 당신은 아직 커맨드
의 암시에 걸리지 않았어요. 하지만 그게 당신의
감각을 무디게 만들기 때문에 평소보다 백 배는
더 정신을 바짝 차려야 해요. 유안, 내 말 듣고 있
죠?"

유안은 잠긴 목소리로 물었다.

"당신은 왜 멀쩡하죠?"

"나도 멀쩡하지 않아요. 수천 번도 더 먹어봤어
요. 매일 약을 먹고 감각을 완전히 잃은 채로 생활
했어요. 오직 이 순간을 위해서. 이곳에 들어오기
위해서."

"탄이 죽었어요. 탄이……."

플랜트에 접근하려던 탄이 죽었다. 그리고 다른

여행자들은 그 모습을 보며 깔깔 웃었다. 유안도 탄의 시체를 보며 웃어야 했다. 그러지 않으면 살 수 없었다. 모두가 암시에 걸려 있다. 여행자들은 이곳에 남겠다고, 혹은 돌아오겠다고 했다. 정신 을 차리지 않으면 빠져나갈 수 없는 함정, 자발적 으로 걸어 들어가는 함정. 이제는 그 의미를 알 수 있었다. 그들은 끊임없이 희생자를 끌어들이는 함 정을 설계하려고 한다.

"갑시다. 모두 죽을 수는 없으니까."

욕실 문을 밀어젖혔다. 가구 몇 개가 단출히 놓 인 거실이었다. 거실에 연결된 방문이 보였고 거 실에는 아무도 없었다.

"다른 사람들은?"

"이곳 집주인은 조금 전에 나갔어요. 나는 바로 옆 건물에 있었고, 헬렌과 주연, 이시카와는 근처 의 다른 집에 있는 것 같아요. 대충 위치를 파악했 지만 당장은 무리예요. 그들은 완전히 암시에 걸 려 있어서 정신 차리게 하려면 쉽지 않을 거예요. 우리가 먼저 탈출구를 찾아야 합니다."

"하지만 어떻게 탈출한다……."

문은 밖에서 잠겨 있었다. 나갈 방법은 창문뿐이었다. 작은 창문으로 몸을 구겨넣은 레오가 먼저 뛰어내렸고, 유안이 뒤따랐다. 유안은 땅에 착지하는 순간 끔찍한 통증을 느꼈다. 그림자 다리가 끈질기게 따라붙고 있었다. 허벅지의 가짜 다리를 당장이라도 떼어버리고 싶었다. 이상하게도 그 감각은 레오가 준 약을 먹은 이후로 더 선명해지는 것 같았다. 눈앞의 누구라도 찔러 죽이고 싶은 기분이었지만, 유안은 그 충동을 최대한 참으며 레오를 따라나섰다.

차가운 공기 속에서 타박타박 발걸음 소리가 들려왔다. 유안과 레오는 자리를 옮겨 사람이 없는 창고 안에 숨었다. 그리고 낮은 창문 너머로 어두워진 므레모사에서 무슨 일이 일어나는지를 지켜보았다.

소름끼치는 장면이 눈앞에 펼쳐졌다. 아주 많은, 엄청난 수의 귀환자들이 이상한 소리를 내며 걷고 있었다. 낮에 본 느릿느릿한 귀환자들과는 완전히 달랐다. 마치 질서 정연한 군대 같았다. 그들은 양동이와 목재를 날랐고 장비를 들고 움직였다.

이제 이 마을의 규칙을 알 것 같았다. 낮은 암시의 시간이고, 밤은 행동의 시간이다. 그들은 낮 동안 암시에 걸리고, 밤에는 도구가 된다. 그리고 도망치지 않으면 곧 이 집 안에 잠들어 있는 여행자들 모두 그렇게 될 것이다. 유안과 레오를 포함해서. 그들이 만든 함정은 이 암시에 걸린 노예들을 밖에서 더 끌어들이기 위한 구조를 띠고 있었다.

"저, 저기······ 어떤 사람들, 같은 옷을 입고 있어요."

그것은 희미한 야광을 발하는 작업용 조끼처럼 보였다. 유안은 그들의 등판과 가슴팍에서 낯익은 문구를 보았다. 아까 레오가 귀환자들을 화나게 만들었을 때 썼던 포스터에 있던 글자였다.

"맞아요."

레오는 고개를 끄덕이고, 유안을 창고 깊은 쪽으로 끌어당겼다. 그리고 낮은 목소리로 속삭였다.

"저 휘장은 구호기관 '아델'의 표식이에요. 당신도 그 실종 사건을 알 거예요. 므레모사에 대해 찾아봤다면."

분명히 유안도 그 이야기를 들은 적 있었다. 수

년 전, 국제구호기관 아델이 겪었던 비극적인 실종 사건이었다. 아델이 화학물질 유출 후유증으로 고통받는다는 므레모사에 의료 지원을 결정하자, 이르슐에서는 므레모사 주민들이 원조를 원치 않는다고 주장하며 아델의 입국을 막았다. 그러나 아델은 이르슐이 므레모사 거주민들의 요구를 억압하고 있다고 주장하며 국제적인 이슈를 만들었다. 결국에는 이르슐이 아델 봉사단의 입국을 허용해주었으나, 봉사단이 탄 버스가 이동 중 협곡 아래로 추락하면서 전원 실종되고, 그 논란은 비극으로 끝이 났다.

"한때 난 그들의 동료였어요. 그래서 이 사건을 파헤쳐온 거고요. 확인이 필요했어요. 고작 몇 년 사이에 얼굴이 너무 변해버렸고, 대부분 알아볼 수가 없었어요. 하지만 그들이 실종 당시 사용했던 마크와 구호 같은 것들에 반응하는 걸 보고, 확신했어요. 그들은 이곳에 끌려왔고, 암시에 걸려 가짜 귀환자로 둔갑한 거예요. 무의식중에 과거의 기억이 남아 있고요"

"아직도 이해가 되지 않아요. 누가 이런 짓을 하

는지. 이르슐일까요?"

"모르겠어요. 나도 그 동기가 도저히 짐작이 안 가요. 어쨌든, 당장은 여길 빠져나가야 하니……."

레오는 깊은 한숨을 내쉬고 말했다.

"지금부터 주차장을 향해 갈 겁니다. 그쪽에 밴이 여러 대 주차되어 있어요. 창문을 깨면 내가 어떻게든 시동을 걸어볼게요. 당신에게 수선 키트가 있으니까. 일단 차를 확보해야 해요. 그리고 가능하다면 다른 여행자들을…… 하지만 그건 나도 자신이 없어요."

"알겠어요."

"그리고 유안, 당부하건대……."

레오가 유안의 눈을 들여다보며 말했다.

"암시에 걸리지 말아요. 남으라는 목소리에 속으면 안 돼요."

유안이 대답하지 않고 고개를 끄덕였다.

또다시 섬뜩한 거리 풍경이 눈에 들어왔다. 임시방편으로 끼워 넣은 다리는 균형이 맞지 않아서 계속해서 신경을 자극했지만 유안은 신음을 꾹꾹 누르며 레오를 따라갔다. 가로등 불빛이 켜져 있었다. 가짜 귀환자들은 짐을 나르거나 건물들을 정비하느라 바빴다.

흰 천으로 감싸놓은 거대한 기둥, 그리고 비슷한 형태의 나무들이 건물과 건물 사이에, 심지어는 건물을 뚫고 자라나 있었다. 가짜 귀환자들은 그 나무들 옆을 지날 때는 절대로 스치지도, 건드리지도 않도록 조심스럽게 지나갔다.

광장으로 되돌아가는 길에 유안은 무언가를 깨달았다. 가짜 귀환자들의 행렬이 두 사람과 같은 방향을 향하고 있었다. 이렇게 많은 귀환자들을 한 번에 상대하게 되면 가망이 없었다.

"그들이 주차장으로 향하고 있어요. 저들을 흐트러놓아야 해요."

레오도 그것을 깨달았는지 고개를 끄덕였다. 유안이 속삭였다.

"남은 휘장을 써요. 몇 명은 반응할 거예요."

소리를 내지 않고 귀환자들의 행렬을 따라잡는 일은 쉽지 않았다. 몇 번인가 나무뿌리에 걸려 무언가 부러지는 소리가 났고 귀환자들이 소리가 나는 쪽으로 고개를 휙 돌렸다. 커맨드의 암시는 사람을 매우 예민하게 만들고, 작은 소리에도 가시 돋친 듯 반응하게 하는 듯했다. 그에 비해 레오가 준 약은 사람의 감각을 매우 무디게 만듦으로써 암시의 효과를 저해하는 것이었으므로, 조심스레 움직이기란 쉽지 않았다.

"저 위로 올라가요."

므레모사의 건물 대부분이 단층이었으나 입구 쪽에 2층 건물이 보였다. 레오가 먼저 사다리를 타고 옥상으로 갔다. 유안도 뒤따라 올라갔다. 귀환자들이 플랜트에 가까워지기 전, 점점 좁아지는 길목으로 들어설 때 휘장을 던져 그들을 혼란스럽게 만들 생각이었다. 유안은 휘장이 새겨진 천이 충분한 무게를 가지고 날아갈 수 있도록, 레오가 가지고 있던 비스킷을 여러 개 꺼내 천으로 감쌌다.

"지금이에요!"

걷고 있던 귀환자 쪽으로 천으로 싼 뭉치가 툭 떨어졌다. 귀환자들이 한꺼번에 그 뭉치를 향해 고개를 돌렸다. 유안이 던진 것은 귀환자 중 한 명의 뒤통수를 그대로 가격했고, 그가 괴성을 지르며 멈춰 섰다. 귀환자들이 소리를 마구 치며 천을 풀었다. 그리고 그들 중 누군가는 바닥에 주저앉고, 또 누군가는 벽에 마구 머리를 박기 시작했다.

"아악!"

행렬이 순식간에 엉망이 되었다. 그러나 여전히 일부 귀환자들은 뒤의 소음을 무시하고 주차장으로 향하려는 것 같았다. 잠시 소란스러워진 틈을 타, 유안과 레오는 사다리를 타고 내려와 그대로 달렸다. 건물 앞에 반쯤 허물어진 담장이 있었다. 므레모사 안쪽이 아니라 숲을 통과해 주차장으로 향할 생각이었다.

그때였다. 행렬 안에 있던 귀환자 중 두어 명이 레오를 발견하고 소리를 지르기 시작했다.

"아아아악!!"

"유안, 이쪽으로!"

담장을 곧바로 넘을 수 없었다. 레오가 유안을 나무가 우거진 방향으로 이끌었다. 유안은 미친 듯이 달렸다. 허벅지의 신경과 근육이 당장이라도 터져버릴 것 같았다. 귀환자들은 낮보다 훨씬 움직임이 빨랐지만 너무 예민해진 감각 때문인지, 서로 소리를 지르거나 바닥에 넘어져서 생긴 작은 통증들에 몹시 민감하게 반응하며 울부짖었다. 그들이 부디 자멸하기를 바라며 유안은 온 힘을 다해 뛰었다.

귀환자를 따돌리기 위해 달리다 보니 주차장과 다른 방향으로 와 있었다. 마을 전체가 돌담으로 막혀 있었기에 다시 사람 키만 한 담장에 가로막혔다. 아까 쫓아오던 귀환자를 중간에 따돌리는 것에는 성공했지만, 이쪽은 플랜트 방향도 아니었고, 또 다른 귀환자가 숨어 있을지도 몰랐다.

레오는 주위를 둘러보다가 한쪽 벽면이 완전히 허물어진 집을 가리켰다. 그 건물은 안에서부터 나무가 크게 자라난 집으로, 그 나무에도 흰 천이 덮여 있었다. 집에는 아무도 거주하지 않는 것처럼 보였다. 유안은 다 무너져서 무릎 높이의 벽돌만 남은 벽을 넘었고, 어두운 벽면 사이에 몸을 숨겼다. 레오가 주위를 둘러보고는 유안 옆으로 왔다.

"여기에 누가 있는 것 같아요."

유안이 속삭였다.

"어떤 목소리가 있어요. 우리에게 말해요……."

"쉿."

레오가 조용히 하라는 제스처를 취했다. 그러고는 귀를 막는 시늉을 했다. 암시. 유안은 방금 자신이 들은 목소리가 무엇인지 깨달았다. 므레모사를 떠나지 마. 암시를 거는 목소리가 들려오고 있다. 약의 효과가 떨어지고 있다. 하지만 도대체 어디서 그 목소리가 들려오는 것인가?

귀환자들의 기척이 사라지기를 기다린 다음, 레오와 유안은 다시 주차장 방향으로 향했다. 그런데 멀찍이 가로등 아래 주차장의 철망이 보여 방향을 제대로 잡았다고 생각할 무렵, 갑자기 레오가 자리에 우뚝 멈춰 섰다.

서너 명의 귀환자들이 띄엄띄엄 떨어져서 길목에서 일을 하고 있었다. 레오는 그사이 무언가를 발견한 것 같았다. 레오가 자신의 몸을 숨길 생각도 않고 홀린 듯이 그쪽으로 걸어가려고 했다. 유안이 레오를 붙들었다.

"뭐 해요? 정신 차려요."

그러나 레오는 유안을 거의 뿌리치다시피 하고 그쪽으로 나아갔다. 유안은 레오의 뒤통수라도 때려 기절시켜야 하나 생각하다가 레오 뒤쪽의 나무 뒤에 숨었다. 그때 귀환자들 중 일부가 레오의 발소리를 듣고 고개를 돌렸다. 부디 유안 쪽에는 시선을 두지 않기를 바랐는데, 주위를 둘러보던 귀환자와 눈이 마주쳤고, 유안은 비명을 지르고 싶었다.

"그으윽. 그으윽."

성별이 모호한 귀환자가 뭐라고 중얼거렸고 유안은 그 알아들을 수 없는 쇳소리 같은 말 속에서 '아델'이라는 단어를 들었다.

"아, 이럴 수가……."

유안은 먼저 레오가 탄식하는 것을 들었고, 레오의 표정에 떠오르는 충격과 좌절감을 보았다. 그리고 고개를 돌려서 레오가 시선을 고정한 대상을 보았다.

그곳에는 한 남자가 있었다. 그는 레오 또래 정도의 남자였는데, 피부가 회색으로 변하고 머리가 하얗게 세어서 얼굴만 보았을 때보다 훨씬 더 나이 들어 보였다. 그리고 그는 목에 스카프를 두르고 있었다. 유안은 그 스카프를 본 적이 있었다. 어제 레오가 매고 있던 것과 같은 패턴의 스카프였다. 그러나 그것은 훨씬 더 낡고 더러워진 상태였다. 남자는 홀린 듯 레오와 유안을 보았지만, 곧 흥미를 잃은 듯 고개를 돌리고는 자신의 임무, 벽돌을 들어 올려 다른 쪽에 쌓는 일을 다시 반복했다.

레오가 남자에게로 다가가자 남자는 고개를 흘끗 돌려 유안과 레오를 보았지만, 역시 아무런 반응이 없었다.

"스카프, 내 스카프를 줘요. 가방에 있어요. 지금 당장!"

유안은 배낭 안을 헤집어서 레오의 스카프를 꺼내 그에게 던졌다. 레오는 그 남자의 눈앞에 스카프를 흔들어 보였다. 그러나 남자는 어리둥절한 표정으로 레오를 보고는, 벽돌을 다시 옮기려 들었다.

"말도 안 돼. 알렉세이, 정신 차려. 내가 여기 왔다고. 알렉세이. 대체 뭘 하는 거야? 나를 기억해. 떠올려. 내가 너를 찾아서 여기까지…… 아, 세상에."

남자는 걸리적거리는 레오에게 화를 내듯이 무어라고 그으윽, 하고 소리를 내고는 고개를 돌렸다. 레오가 남자의 어깨를 붙잡고 자신을 보게 하자, 남자는 레오를 휙 밀어버렸다. 레오는 황당할 정도로 저항 없이 떠밀려서 나동그라졌다. 유안은 레오의 옆으로 달려갔다.

"나를 기억 못 하는구나. 어떻게 나를 기억하지 못할 수가 있을까. 어떻게 여기서……."

레오가 거의 실성한 것처럼 보였으므로 유안은 그를 정신 차리게 해야 했다. 그가 왜 여기에 왔는지 대충 감이 잡혔다. 저 알렉세이라는 남자를 찾기 위해 레오는 이곳에 온 것이다. 하지만 이런 식으로는 해결할 수 없는 데다가 유안까지 위험에 휘말릴지도 몰랐다.

레오는 알렉세이를 끌고 가려고 그의 몸을 붙잡았다. 알렉세이는 저항하며 레오를 발로 걷어찼다. 그때 옆에 서 있던 다른 귀환자가 레오를 발견하고는, 괴성을 지르며 달려들었다. 유안이 나이프를 꺼내 들고 귀환자들 쪽으로 다가갔지만, 귀환자들은 오직 알렉세이를 빼내기 위해 레오만을 노렸다. 레오는 귀환자 둘을 상대로 몸싸움을 벌였다.

순간 알렉세이가 갑자기 유안에게 달려들었다.

"아악!"

그가 유안의 목을 졸랐다. 유안이 고통스러워하며 몸을 비틀 때, 레오가 겨우 귀환자들에게서 벗어나 달려왔다. 유안이 소리 질렀다.

"기절시켜요!"

레오는 알렉세이에게서 한 걸음 물러섰다. 그러나 레오는 거의 흐느끼고 있었다. 유안이 대신 알렉세이를 무력화하려고 벽돌을 치켜든 순간, 예상치 못한 일이 일어났다. 다른 귀환자가 알렉세이를 밀어 벽돌 더미 위로 처박은 것이었다. 유안은 경악하며 그 귀환자를 보았다. 레오가 비명을 질렀다.

"왜, 왜 저러는 거야!"

뒤로 넘어진 알렉세이가 고통스러운 신음을 흘렸고 그의 머리에서 피가 마구 흘러내리기 시작했다.

"안 돼, 알렉세이. 안 된다고!"

귀환자들은 그 사이 알렉세이를 공격하려 달려들고 있었다. 귀환자 하나가 칼을 집어 들고 알렉세이의 배에 그것을 찔러넣었다. 알렉세이는 끔찍한 소리를 냈다. 레오가 분노하며 손에 잡히는 것을 모두 귀환자들에게 내던졌다.

"진정해요. 제발 진정하라고!"

유안은 귀환자들이 알렉세이를 공격하는 이유가, 레오가 저 남자를 구하려 들고 있기 때문이라는 사실을 깨달았지만 도대체 암시에 걸려 정신이 나간 자들이 어떻게 순간적으로 그런 판단을 하는지 알 수 없었다.

그때 어디선가 기이한 소리가 들려오기 시작했다. 그 소리가, 므레모사 전체에 울려 퍼지고 있었다. 이쪽으로 귀환자들을 불러 모으는 것 같았다. 괴성을 지르며 둔기를 휘두르는 레오를 유안이 붙들었다.

"물러서!"

귀환자들이 입을 열어 소름 끼치는 소리를 내기 시작했다. 마치 마을 전체가 진동하듯이, 하나의 주파수에 공명하듯이.

"-- --- -- - -!"

그 끔찍한 소리를 내기 시작한 건, 배에 칼을 꽂

힌 채 바들바들 떨던 알렉세이 역시 마찬가지였다. 레오는 그 모습을 보고 갑자기 정신이 퍼뜩 든 것 같았다. 당장은 알렉세이를 구할 수 없다는 것을 알아차린 것처럼.

"주차장으로 가요!"

레오가 알렉세이를 포기하고 플랜트 옆의 주차장을 향해 뛰기 시작했다. 유안도 죽을힘을 다해 뒤따랐다. 뒤에서는 귀환자들이 두 사람을 쫓아오고 있었다. 마을 전체에서 몰려든 귀환자들의 둔탁한 발소리가 이어졌다. 그러나 그것은 점차 기이한 형태가 되어, 하나의 질서를 이루기 시작했다. 마치 그들 사이에 집단적인 최면이나 무언의 대화가 존재하는 것처럼.

"아, 저 사이에…… 이시카와가 있어요. 주연 씨도……."

순간적으로 뒤돌아본 유안은, 가로등 불빛 아래 달려드는 귀환자들 사이에서 이시카와와 주연을 발견하고 경악했다. 그들은 이미 완전히 암시에 걸려 있는 듯했다. 유안이 소리를 질렀다.

"주연 씨!"

"당장은 못 데려와요. 일단 차를 찾아요!"

누군가 레오와 유안을 향해 창살 같은 것을 던졌다. 돌멩이와 쇳조각 같은 것들도 날아왔다. 유안이 발견했던 이시카와와 주연은 다시 귀환자들 사이에 완전히 섞여들어 찾을 수가 없었다. 유안은 바닥에 구르고 또 기면서 그것들을 가까스로 피했다.

"이쪽으로!"

주차장 앞에는 공사 자재가 잔뜩 쌓여 있었다. 레오는 뛰면서 날카로운 철 막대를 주워 들었다. 주차장에는 밴이 몇 대 보였다. 밴을 향해 유안은 뛰고 또 뛰었다. 그러나 대부분 공사 자재로 막혀 있거나 찌그러져 탈 수 없는 차들이었다. 주차장에서 오른쪽으로 꺾여 플랜트로 이어지는 오솔길에 망가지지 않은 차가 있었다. 그 차에 도달하려면 철망을 넘어야 했다. 공기 중의 달콤한 냄새가 더욱 짙어졌다. 플랜트 쪽에서 무언가 금속들이 부딪히며 움직이는 소리가 들렸다.

레오는 높은 철망을 올라서 넘어가려 하고 있었다.

"못 가겠어요. 다리가 끊어질 것 같아요."

죽을힘을 다해 뛰었지만, 도저히 철망만은 넘을 수 없었다. 그건 이제 유안에게 불가능한 일이었다. 유안은 바닥에 주저앉았다. 레오가 준 약의 효과도 모두 떨어졌다. 온몸이 비명을 지르는 것 같았다. 통증 때문에 눈물이 흘러나왔다. 한계에 부닥쳤다. 이 달콤한 냄새에, 들려오는 소리에 의식을 맡겨버리면 고통에서 해방될 수 있을까? 그건 죽음일까? 하지만 이 통증을 견디느니 죽음이 낫지 않을까?

"움직일 수가 없어요. 난 여기서 포기할래요."

"유안, 안 돼요."

"먼저 가요. 날 도와준 건 고맙지만······."

"뒤를 봐!"

레오가 소리를 질렀다.

"당신의 뒤에 있는 그걸 보라고!"

까맣게 물들어가던 의식을 마지막으로 부여잡아 고개를 들었다. 레오의 얼굴이 공포로 질려 있었다. 유안은 시선을 돌려서 방금 지나쳐 온 것을 보았다.

그곳에 도저히 이해할 수 없는 것이 있었다.

거대한 기둥과 같은 나무, 그 나무에 박혀 있는 사람의 눈.

그 눈이 한 번 깜빡였다. 그리고 천천히 움직여 유안을 보았다.

"아, 세상에…… 유안."

레오의 목소리가 떨리고 있었다.

"귀환자들은 있었어. 정말로 있었어. 우리가 착각했던 거야. 이 모든 건 이르슐의 짓이 아니었어. 저들이었어……."

흰 천으로 감싸두었다고 생각한 것은 거대한 석재 기둥도, 조각상도 아니었다. 그것은 말라비틀어진 고목에 가까웠다. 쭈글쭈글한 나무 표피 가운데에 사람의 얼굴이 박혀 있었다.

고목의 입이 열렸고 유안은 그 입에서 흘러나오는 것이 지금까지 끊임없이 속삭여온 목소리임을 알았다. 므레모사 구역 전체에 포진해 있던 그들이 온몸에서 끌어올린 소리로 가짜 귀환자들을 조종해온 것이다.

떠나지 마. 떠나지 마. 떠나지 마. 떠나지 마.

저 멀리 마을 곳곳에서 거대한 나무들을 감싸고 있던 흰 천이 아래로 떨구어졌다. 고목화된 귀환자들이 모습을 드러냈다. 인간의 몸이 나무 기둥처럼 단단히 굳어버려 만들어진, 흙과 모래 먼지와 인간의 피부가 하나가 되어 반쯤 살아 있는 석상처럼 끔찍해 보이는 몰골을 한 그들.

오래전 이곳으로 돌아온, 바깥세상에서는 도저히 살 수 없을 만큼 변이된, 그리하여 그들의 원래 고향을 차지하고 그 자리에 고정되어 움직임 없는 삶을 이어가는, 므레모사의 진짜 귀환자들.

그들의 눈이 일제히 유안을 향했다.

"당신들은, 당신들이…… 정말로 여기에 있었군요. 그리고 나는……."

유안이 중얼거렸다. 무언가가 뒤에서 유안을 덮쳤고 목을 졸랐다. 유안은 바닥으로 쓰러졌다.

이상한 일이지만 다리를 잃은 이후에도 나는 내 오른쪽 다리가 움직이던 방식을 아주 선명하게 기억했다. 발가락들이 오므라들어서 어떻게 동그랗게 아치 형태를 이루는지, 그렇게 만든 발이 어떤 방식으로 내 체중을 지탱하는지, 허벅지에서 무릎까지, 또 무릎에서 정강이를 거쳐 발목까지, 힘이 가해지고 또 풀리고 근육이 수축되고 이완되는지 그 방식을 기억했다. 그 자잘하고 미묘한 동작들이 어떻게 표현되고, 어떤 춤을 만들어내는지. 어떻게 허공중에 직선과 곡선을 긋는지. 그리고 그 모든 감각들이 모여서, 마치 잃어버린 다리가 아직도 허벅지 끝에 매달려 있다는 기이한 감각을 만들어냈다.

나는 두 개의 오른쪽 다리를 가지고 걸었다. 그것들은 자기들끼리 부딪혀 내 균형을 잃게 했다. 서로 자신의 존재를 주장하고, 그것을 통증으로 구체화했다. 나는 날렵하게 도약하고 착지하는 과정에서도 매 순간 휘청거렸다. 다만 그것을 이를 악물고 버텨, 겉으로 보이는 움직임을 매끄러워 보이도록 만들 뿐이었다.

"유안, 잘 안 돼서 답답하지. 그래도 결국은 우리의 회복력을 믿어야 해. 인간이 매 순간 배우고 적응하는 존재라는 걸, 원래대로 되돌아갈 수 있다는 걸 믿어야 해. 지금 네가 스스로 느끼는 네 존재가 얼마나 연약해 보일지 나도 알아. 하지만 내가 하고 싶은 말은…… 내가 아는 사람 중에, 유안 너는 가장 강하고 아름다운 사람이야."

하지만 나는 원래의 감각으로 되돌아가지 못했다. 나의 신체는 너무 많이 변형되었고 이제는 돌이킬 수 없었다. 신경 의족을 제어할 수 있게 된 이후에도 일어설 때, 걸을 때, 뛸 때, 도약할 때 나는 매번 나의 의족과 원래의 다리를 동시에 통제하는 법을 익혀야 했다. 매 순간 그림자는 자신의 존재를 주장했다. 기계 다리와 그림자가 충돌을 일으켰다. 그 충돌은 날카로운 통증으로 살을 파고들었다. 숨을 쉬듯이 움직이는 법을 잃어서 나는 괴로웠다.

"왜 굳이 바꾸겠다는 거야? 분리형 모델이 지금 모델보다 훨씬 더 관리하기 번거로울 텐데."

의족 교체를 결정했을 때 한나는 나를 끝까지 만류했지만, 내 결정을 되돌리진 못했다. 두 번째 의족에 적응하는 과정은 처음보다 더 길고 힘겨웠지만 그래도 그 다리를 분리할 수 있다는 사실이 나를 안심시켰다. 밤이 되면 나는 다리를 떼어내서 바닥에 내려놓았다. 그러면 그림자 다리가 다시 그 자리를 찾아왔다. 마치 원래의 내 몸으로 돌아온 듯한 편안한 감각. 몸을 움직이기 시작하면 다시 환지통이 느껴졌지만, 움직이지 않으면 통증도 없었다. 눈을 감고 몸을 정적 속에 놓아두면 나는 안전하고 안락했다.

사람들은 나를 무대로 다시 불러줬다. 그들은

내가 절망을 이겨내고 다시 춤추는 모습을 보고 싶어 했다. 한순간 모든 것을 잃었던 내가 다시 일어서는 이야기를 듣고 싶어 했다. 정상에서 추락한 무용수가, 고통을 딛고 또 한 번 정상으로 오르는 이야기를 원했다. 사람들은 나를 앉혀놓고 끔찍한 고통과 견딜 수 없는 상실에 관한 이야기를 하게 했다. 그리고 나를 무대로 보내 그 모든 것을 잊게 만드는 눈부신 도약을 펼치라고 했다. 나는 그것을 제법 잘 수행해냈다. 수술과 재활로 진 빚을 모두 갚았고 3년에 한 번씩 의족을 새것으로 교체했다. 나는 나의 고통을 팔아서 생존했고, 때로 그 사실에 수치심을 느꼈다.

나는 모멸감을 잊기 위해 더 많이 도약해야 했다.

나는 춤을 추고 또 추었다.

당신은 아름다워요. 당신은 강인해요. 당신의 움직임이 나에게 영감을 줘요. 어느 순간부터는 한나가 아닌 수많은 사람들도 그렇게 말해오기 시작했다.

내가 더는 아름답지도 강인하지도 않다면 그때

는 어떻게 되는 걸까. 나는 이따금 궁금했지만 그 결말을 상상하고 싶지 않았으므로 질문도 그만두었다.

수십 년 전 단절된 어느 협곡 지대에 기묘한 생존자들의 마을이 있다는 것을 들은 것은 그 무렵이었다. 그 이야기에는 타인의 불행을 소비하는 외부인들 특유의 극적인 과장이 섞여 있었으므로, 처음에는 그다지 관심이 없었다. 내가 그 작은 마을에 대해 알아보게 된 건, 방송을 시작하기 전 대기실에서 이야기를 나누던 진행자가 나에게 그 가십거리를 전하며 이렇게 말해주었기 때문이다.

"유안 씨, 그거 알아요? 그곳의 귀환자들은 아예 치료도 거부하고, 움직임도 포기하고 침상에만 누워 살아간대요. 구호단체들이 그렇게 지원을 많이 보냈는데도, 좀처럼 나올 생각이 없다고요. 그에 비하면, 유안 씨는 얼마나 대단하고 훌륭해요. 도와주겠다는 손길이 그렇게 많은데, 다 포기하고 게으르게 누워만 있다니. 정말 너무 한심하지 뭐예요. 그런데 유안 씨, 세상에는 생각보다 그런 사

람들이 꽤 많다? 아무리 돕겠다고 해도 일어나질
않아요. 자기 몸을 책임지고 보듬을 수 있는 사람
은 결국 자신뿐인데도, 나 몰라라 하고 스스로를
포기한 거지. 어쩜 그렇게 살 수가 있을까? 난 이
해가 안 돼. 이해를 할 수가 없어."

한나는 기계 다리를 분리한 나의 허벅지를 만지
는 것을 좋아했다. 분리형 의족이 관리하기 더 어
려울 거라는 한나의 경고는 들어맞아서, 결합 부
위와 맨살이 연결된 경계에서는 피가 자주 흘렀
다. 한나는 별생각 없이 그것을 문질러 닦아냈고
또 장난스레 입을 맞추거나 혀로 핥기도 했지만,
한나의 집에서 밤을 보낼 때는 늘 신경이 쓰였다.
나는 내 몸에서 흘러나오는 것들이 여전히 낯설고
수치스러웠다. 하루는 한나가 시트 위에 요란한
무늬의 담요를 깔아둔 것을 보고 나는 웃음을 터
뜨렸다.

"이건 눈속임이잖아."

"이게 왜 눈속임이야?"

"피가 묻는 건 마찬가지니까."

"집 침대를 깨끗하게 쓰는 사람이 얼마나 된다고. 눈에 안 보이면 그만이지."

그러면서 한나는 키득거렸다. 내가 할 말을 잃고 침대 끄트머리에 걸터앉자, 한나는 씩 웃으며 나를 담요 위로 밀어뜨렸다.

"오늘은 피를 흘려도 상관없어."

한나가 허전한 내 허벅지를 쓰다듬을 때, 그러면서 "금속 다리로 구두를 신고 춤추는 네 모습이 얼마나 아름다운데. 그걸 본 순간 나는 사랑에 빠졌지" 하고 속삭일 때, 나는 고통을 기꺼이 견디며 춤을 추고 싶었다. 그럴 때면 한나가 나의 아름다움만을 사랑하는 것이 아니라 비참함마저도 사랑한다고 믿고 싶었다. 실제로도 어느 정도는 그랬다. 한나가 내게 바란 것은 완성된 형태의 아름다움이나 강인함이 아니라, 그것에 대한 어떤 나아감의 방향, 지향점이었다. 불안정한 지면 위를 위태롭게 한 발 한 발 내딛는, 넘어질 듯 아슬아슬한 춤을 지속하는. 그 춤이 지속되기만 한다면, 한나는 신경 쓰지 않았다.

하지만 새벽이 되면 나는 알 수 있었다. 고요와

적막이 뺨을 부드럽게 쓰다듬는 깊은 밤이 되면, 바로 이곳이야말로 내가 궁극적으로 머물러야 할 자리라는 걸. 흔들림도 뒤척임도 없는 부동의 장소. 움직임이 없는 몸. 모든 것이 멈춰 선 몸.

그 몸 안에서 나는 고통도 괴로움도 없이 자유로웠다.

한나는 도약하는 나를 사랑했고 나는 도약을 멈추고 싶었으므로 우리의 끝은 정해져 있었다. 이제 더는 도저히 춤출 수 없다고, 더는 움직임을 원하지 않는다고, 모든 움직임이 매 순간마다 나를 고통스럽게 한다고 이야기했을 때 한나는 울면서 나에게 말했다.

"제발, 죽지는 마. 살아 있어. 어딘가에 살아 있으란 말야."

내가 투어에 당첨되었고, 므레모사에 가게 되었다는 소식을 사람들에게 알리자 대부분은 나의 결정이 일종의 호기심이나 연민에서 비롯된 것이리라 여겼다. 사람들에게 므레모사는 그저 삭막한 비극의 장소였고, 혹은 비극에서 벗어나지 못한 이들의 장소였으므로, 대체 그곳에서 보려는 것이 무엇이냐고 사람들은 내게 재차 물었다. 나는 단지 짧게 답했다.

"그냥 뭔가를 보고 오려는 거야. 내가 원하는 무언가가, 거기에 있을 것 같아서."

어떤 이들은 나의 실패를, 좌절을, 끝난 사랑을, 평생을 다 걸었던 일을 갑작스레 내려놓기로 한 선언을 그것과 관련지어 추측하기도 했던 모양이다. 하지만 내가 보고 오려는 것이 정말로 무엇인지, 나는 끝내 누구에게도 말하지 않았다.

자신이 오래전 므레모사로 파견되었던 국제구호단체의 의사였다고 주장하는 남자의 글을 본 적이 있다. 그의 블로그 글은 흥미로운 괴담으로 여겨져 여러 장소로 퍼 날라졌지만 진지하게 여겨진 적은 없었다. 사람들은 그가 거짓말을 하고 있다고, 의사라는 경력마저 속이고 있다고 말했다. 그럼에도 그는 꿋꿋하게 주장했다.

대피 명령을 거부한 사람들, 밖에서 살기를 원

치 않았던 귀환자들은 돌이킬 수 없는 신체적 변화를 겪었다. 귀환자들은 변이되고 있었다. 그들은 흉측한 외모를 갖게 되었고, 느리게 움직였고, 발성기관이 손상되어갔다. 거의 나무와 같은 형태로 기이하게 확장되었으며 극도로 느린 물질대사와 호흡, 그리고 생활 방식을 갖게 되었다. 덜 변이된 귀환자들이 더 많이 변이된 귀환자들을 도왔다. 그런 도움이 없으면 그들은 스스로는 아무것도 할 수 없었다.

우리 의료진은 그들에게 므레모사 바깥으로 나올 것을, 도시 가까이에서 치료받을 것을 권했다. 제독 작업이 되지 않은 므레모사 내부로 의료진이 들어갈 수는 없었다. 강제 이송을 시도했고 끊임없이 그들을 설득했다. 그러나 그들은 의료진을 해치고 탈출했다. 그 사건 이후 이르슐은 므레모사를 폐쇄했지만, 그 이후에도 수많은 사람들이 그들을 설득하고 도우러 므레모사로 향했다. 그것을 지켜보며 나에게는 오랫동안 지울 수 없는 의문이 있다. 왜 어떤 이들은 그렇게 적극적으로 삶을 거부하는가. 왜 비이성적으로 스스로를 해치려 드는가.

단 한 번 므레모사에 직접 간 적이 있다. 아직도 잊을 수 없는 풍경이 떠오른다. 그곳에서 나는 놀랍고 끔찍한 것을 보았다. 움직이는 것들이 움직이지 않는 것을 경배하고 있었다. 움직이지 않지만 살아 있는 것들을 위해 복종했다. 이미 죽어버린 존재들을 위해. 그 관계가 어떻게 성립하는지, 왜 가능한지는 지금까지도 파악하지 못했다. 어떤 초자연적 현상이나 믿음만이 그것을 가능하게 하는 듯했다. 그것은 몹시 기이한 풍경이자 종교적인 풍경이었다.

므레모사에서는 삶의 권력을 고정된 것들이 쥐고 있었다. 우리는 그들을 끝내 설득할 수 없었다.

그 의사의 회고를 읽고서야 나는 내가 무엇을 바라왔는지 비로소 알았다.

내가 바라는 건 죽음이 아니었다. 나는 삶을 원했다. 누구보다도 삶을 갈망했다. 단지 다른 방식의 삶을 원할 뿐이었다.

*

매캐한 연기가 공기를 가득 채웠다. 흐려지는 의식 속에서 누군가 유안을 부르는 목소리가 들렸다. 유안, 정신 차려요. 유안. 처음에는 그게 한나의 목소리라고 생각했다. 다시 한나를 만난 거라고, 한나가 비로소 나를 이해한 거라고. 그래서 유안은 그 손을 잡았다. 그러나 한나의 손이 희미해지며 사라졌고, 유안은 손에 남은 차가운 공기를 느꼈다.

누군가가 소리를 지르고 울부짖던 장면이 떠오른다. 덜컹거리는 차 소음과 엔진 소리, 몸 전체에서 끊임없이 느껴지던 통증도.

정신을 차렸을 때 유안은 밴에 타고 있었다. 유안의 기계 다리는 거의 절반이 부러져 날카로운 절단면을 드러낸 채로 무릎에 놓여 있었다. 온몸에 피가 묻어 있었다. 레오도 피투성이였다.

"당신이 잠시 시선을 끌어줬어요. 당신이 기절하기 직전에 그들에게 무어라고 말했고…… 대체 뭐라고 말한 거죠? 그 미친 괴물들, 그것들이 당신에게서 한동안 시선을 떼지 못하더군요. 그 틈을 타서 내가 밴을 탈 수 있었어요."

레오는 미친 사람처럼 웃었다. 밴이 어디론가 계속 달리고 있었다. 희미한 여명이 밝아오고 있었다. 이곳이 어디인지 분명하지 않았다. 렘차카 특별 구역에 가까워진 것 같기도 했다. 유안은 창밖으로 덜컹거리며 움직이는 풍경을 보았다. 울퉁불퉁한 산길. 협곡의 참나무들. 분명히 똑같은 장면을 보았는데. 이번에는 자리가 달랐다. 레오가 밴을 운전하고 있었다.

"다른 사람들은? 다 어디 갔죠?"

입에서 피맛이 느껴졌다.

"몰라요. 죽었을 수도. 아니면 내 연인처럼 됐겠지요. 지금 확인하러 갈 겁니다. 그대로는 싸울 수 없어서 잠시 후퇴했어요. 하지만 유안, 당신 덕분에 어떻게 복수해야 할지 난 알게 됐어요."

밴의 창문이 닫혀 있는데도 공기 중에 가득한 냄새를 맡을 수 있었다. 커맨드의 달콤한 과일 냄새. 그리고 무언가 타면서 만들어낸 지독한 석유 냄새. 그것들이 마구 섞여서 만들어낸 끔찍한 냄새.

유안은 미친 듯이 기침을 하기 시작했다.

머릿속에서 방금까지 있었던 일들이 조합되기 시작했다. 주차장에서 유안과 레오를 쫓아오던 사람들, 그리고 모습을 드러낸 귀환자들이 암시를 걸던 풍경. 그리고…… 유안은 무어라고 말했더라? 그들을 향해서. 그건 결코 멸시의 의미는 아니었다.

"아직도 믿을 수 없습니다. 커맨드의 피해자들이 다시 커맨드를 이용해서 외부인들을 착취하다니. 그 모든 게 진실이었다니……."

"레오, 지금 뭘 하려는 거예요? 어디로 가는 거죠?"

"탈출하면서 불을 질렀어요. 그 괴물들 일부는 지금 타오르고 있을 거예요. 그러나 아직 부족해요. 플랜트를 태우러 갈 거예요. 그래야 이 모든 것이 끝이 나요. 그곳을 불태울 거예요."

"플랜트에 불을 지를 거라고요?"

"모두 원점으로 돌아가는 거죠! 이 비극이 어디에서 시작되었는지 기억나요? 거대한 화재, 그게 시작이었죠. 생각해보면…… 완벽한 마무리예요.

불을 질러 모든 걸 끝내는 거예요. 비극의 고리를 닫기 위한, 완벽한 마무리라고요!"

레오가 옆에서 계속 지껄여대고 있었다. 귀에 대고 웅웅거리는 소음처럼 들려와서 유안은 당장이라도 토할 것 같았다. 그 입을 막고 싶었다.

"어떻게 그럴 수 있었을까요? 유안, 난 아무리 생각해도 모르겠어요. 모두 착한 마음을 가지고 도우러 온 사람들이었는데, 선의를 가지고 온 사람들이었는데. 그들을 이용하다니. 그들을 비참한 노예로 만들다니. 어떻게 그것이⋯⋯."

"그래서 도울 수 있게 했잖아요. 선의를 베풀 수 있게 했어요."

레오는 과격하게 핸들을 꺾었고 유안은 창에 머리를 부딪쳤다. 레오가 킬킬거리며 웃었다. 유안은 몸을 세우며 말했다.

"모두가 브레모사에 그러려고 왔죠. 도움을 베풀러 왔고, 구경하러 왔고, 비극을 목격하러 왔고, 또 회복을 목격하러 왔어요. 그래서 실컷 그렇게 할 수 있게 되었잖아요. 행복한 결말 아닌가요?"

"잘 생각해요, 유안. 당신은⋯⋯."

레오가 또다시 방향을 꺾으며 중얼거렸다.

"당신은 지금 암시에 걸려 있는 거예요."

"그럴지도 모르죠. 하지만 그건 중요하지 않아요."

"여길 벗어나면 괜찮아질 겁니다. 일단 플랜트를 불태우고 여기를 빠르게 벗어나면…… 커맨드의 영향력이 사라지고, 당신이 정신을 차리면요. 그러고 나면 나와 함께 고발자가 되는 거예요. 이 끔찍한 마을에서 도대체 무슨 일이 일어났는지, 그들이 다른 사람들을 어떻게 조종하고 노예로 만들었는지, 타인의 선의를 배신한 괴물들이 대체 어떤 모습이 되었고, 어떤 지옥 같은 세계를 만들었는지. 우리가 본 그대로 이야기하는 겁니다. 그리고 다시는 똑같은 일이 일어나지 않도록, 전부 되돌리는 거예요. 그들이 원래 있어야 했던 곳으로 보내는 거예요. 이 기이한 일들이 절대 반복되지 않도록……."

"아니, 나는 원치 않아."

유안은 무릎 위의 부서진 기계 다리를 손에 꽉 쥐었다. 키득거리며 고개를 돌리는 레오와 눈이 마주쳤다. 레오의 눈에 경악이 어렸다.

유안은 의족의 날카로운 절단면으로 레오의 심장을 노려 온몸에 힘을 실었다. 절박함 속에서 단한 번도 내본 적 없던 힘을 끌어올렸다. 밴이 급정거해서 절벽 가까이에 멈춰 섰고 피가 튀었다. 레오가 팔을 휘둘러 유안을 후려쳤고 유안의 목이 꺾였으나, 유안은 그의 가슴팍을 찍은 기계 다리에 필사적으로 힘을 주었다. 사방으로 튄 피에 눈앞이 잘 보이지 않았다. 밴이 옆으로 기울어지기 시작했다. 유안은 의족 끝에서 느껴지는 바둥거리는 힘이 사라질 때까지, 온 힘을 주어 레오를 짓누르고 있었다.

마지막으로 눈이 마주쳤을 때, 레오가 피거품을 물며 중얼거렸다.

"어떻게…… 당신마저도……."

밴이 나무들을 박살내며 비탈로 곤두박질쳤다. 모든 것이 뒤틀리고 흔들리며 부서졌다. 마침내 경사면의 나무들 사이 밴이 멈춰섰을 때, 유안은 시야를 가리며 흘러내리는 피를 닦았다. 이것이 유안의 선택이었다. 정신을 잃기 전 그들에게 건

넸던 한 마디가 떠올랐다. 나는, 당신들을 선망해요. 유안의 몸 역시 엉망진창이 되어 있었지만 이제 상관없었다. 유안은 지금까지 갈망해왔던 자신만의 평온을 찾기로 했으니까.

협곡을 가득 채우는 냄새 속에서 유안은 몇 번이고 정신을 잃었다가 다시 깨어나며 산길을 기어올랐다. 끝없이 춤을 추고 또 추었던 것처럼, 마지막으로 바라는 무언가를 얻기 위해 유안은 므레모사로 향했다. 한참 시간이 흐른 끝에 유안은 간절히 보고 싶었던 그 풍경 안에 들어와 있음을 알았다.

까맣게 연기가 피어오르는 창고 위로 비가 쏟아지기 시작했다. 젖은 공기 속에서 유안은 그들이 이 고향을 떠날 수 없었던 이유를 비로소 실감했다. 자신을 가렸던 천을 모두 벗어던지고 굳어버린 몸을 그대로 드러낸 므레모사의 귀환자들이 보였다. 정물처럼 자리를 지키는 그들의 눈은 느리게 깜빡이고 입은 천천히 움직여 무언가를 지시한다. 그리고 그들을 위해 끊임없이 움직이고 복무하는 사람들이 있다. 움직임과 멈춤의 질서가 뒤

바뀐 이 공간. 유안은 한 번도 이곳에 속한 적이 없었지만 지금 이곳을 마치 자신의 고향처럼 느낀다. 그리고 그들 역시 그런 유안을 이해하리라.

유안은 귀환자들의 앞으로 기어가서, 검은 나무 껍질 사이 붙박인 그들의 눈을 올려다보며 말한다.

"당신들처럼 되고 싶어요. 부디 나를 받아주세요."

* 작품에 등장하는 인물, 장소, 사건 및 단체 등은 실제와 무관한 픽션임을 밝힙니다.
* 소설을 쓰며 다음의 자료를 참고했습니다.

넷플릭스 오리지널 시리즈, 〈다크 투어리스트 : 어둠을 찾아가는 사람들〉.
드니즈 키어넌, 『아토믹 걸스 : 원자 도시, 사이트 X의 숨겨진 여성들』, 고정아 옮김, 알마, 2019.
아즈마 히로키, 『체르노빌 다크 투어리즘 가이드』, 양지연 옮김, 마티, 2015.
케이트 브라운, 『체르노빌 생존 지침서』, 우동현 옮김, 푸른역사, 2020
박영균, 「현대성의 성찰로서 다크 투어리즘과 기획의 방향」, 『로컬리티 인문학』, vol. 25, 2021, pp. 7-38.
한숙영·조광익, 「현대사회에서의 위험과 관광 : 다크 투어리즘의 경우」, 『관광학연구』, 32권, 9호, 2010, pp. 11-31.

시간의 살, 므레모사

김은주

*

그림자 다리가 나에게 말한다.

그것 봐. 이제 나를 잘 봐. 나는 결코 사라지지 않아. (14쪽)

*

김초엽의 소설 '므레모사'는 사고로 다리를 잃고 기계 다리를 착용하는 무용수 유안이 원인 불명의 화재로 폐허가 되어버린 이르슐의 므레모사

지역을 방문하는 것으로 시작한다. 므레모사의 비극은 진압에만 한 달여 넘게 걸린 렘차카 공장과 연구소의 대규모 화재로 인한 유독성 화학물질 유출에서 비롯되었다. 독성물질은 화재 현장으로부터 광범위하게 퍼져 농작지와 식수원을 오염시켜 사람들을 죽게 했고 므레모사를 죽음의 땅으로 만들었다. 화재 당시에 주민들은 대피소에 머물며 다시 집으로 돌아갈 준비를 했지만, 시간이 지날수록 점점 더 분명해지는 사실은 더 이상 예전처럼 살 수 없다는 것이었다. 이 재난으로부터 므레모사와 가까운 도시들뿐 아니라 이르슐 당국 그리고 인접 국가들 모두가 자유로울 수 없었다.

통제할 수 없는 속도로 확산되기 시작한 유독성 화학물질들. 그 물질들은 바람을 타고, 구름을 형성하고, 비를 내리며, 렘차카 특별 구역과 인근 도시들과 농작지와 식수원을 광범위하게 초토화해버렸다. 당국이 사람들을 대피시켜야 한다고 결정한 건 수돗물을 받아 마셨다가 이름 모를 질병에 걸려 죽어가는 사람들이 생기기 시작한 이후였다. (……) 순식간에 수십 만 명이 살던 터전을 떠나야 했고, 렘차카와 인근 산맥은 완전한 출입 금지 구역이 되었으며, 죽음의 땅, 인간이 밟을 수 없는 지역이 되었다. (51쪽)

므레모사에서 발생한 '재난'의 발생과 추이가 그려내는 풍경은 그리 낯설지 않다. 므레모사의 상황은 SF가 클리셰로 다루는, 아직 오지 않은 미래의 디스토피아는 아니다. 오히려 므레모사의 재난이 불러일으키는 느낌은 '낯익은 두려움unheimlich'이다. 므레모사의 상황은 2011년 3월 11일에 발생해 여전히 진행 중인 후쿠시마 원전 사고를 떠올리게 하는 한편, 테러와 기후 위기 그리고 팬데믹과 살아가는 동시대의 삶과 공명한다. 그런 점에서 '므레모사'의 서사는 재난 이후 트라우마와 더불어 혹은 진행 중인 재난과 함께 '어떻게 살아갈 것인가'라는 문제로도 읽힌다.

그렇다면 '므레모사'는 묵시록적인 재난소설일까. 하지만 이 소설의 서사는 자연재해, 전염병 등 재난의 파국을 극복해온 소위 '인류 문명사'를 반영하는 구원의 묵시록적 서사와는 거리가 멀다. 또한 가상의 공간 므레모사의 비극을 당대 사회문화적 위기의식을 일깨우는 "파국의 알레고리"로 이해하기도 어렵다.[1] 전 세계가 9·11 테러를 생방송으로 목격한 이후로, 미디어는 동시대의 재난을 실시간 중계 중이며, 우리는 현실과 가상이 구분되지 않은 채로 재난의 타임라인을 새로 고침하면서 재난을 일상의 한 양상으로 감각한다.

짐작해보건대 『므레모사』의 서사는 지금으로부터는 '미래'이나, 사실상 『므레모사』를 지탱하는 서사의 시공간에 미래는 존재하지 않는다. 미래의 부재는 목적의 상실이나 유토피아의 부재를 지시하는 것도, 그렇다고 파국의 현재를 무한히 지속하는 것도 아니다. 『므레모사』의 서사에는 사건으로서 그 일이 벌어진 과거 그리고 지금인 현재만이 있다. 이 두 시제를 오가는 반복에서 발생하는 차이의 역량이 『므레모사』의 서사를 작동시킨다. 그

---

1) 홍덕선, 「파국의 상상력 : 포스트묵시록 문학과 재난문학」, 『인문과학』, 제57권, 2015, 7쪽.

러기에 이 서사에 던져질 질문은, 재난의 과거는 사라지지 않은 채 왜 반복되어 '힘들의 지대地帶'를 만들면서 재현되는가일 것이다. 아니다. 오히려 이렇게 물어야 할 것이다. 왜 재난을 그토록 재현하면서 반복하려 하는가.

*

유안뿐 아니라, 므레모사를 방문하려는 사람들은 많았다. 므레모사의 방문자들은 높은 경쟁률을 뚫고 당첨되어 온 사람들이다. 재난 지역 므레모사를 찾는다는 점에서, 이들의 방문은 전쟁, 재난과 참사, 테러와 고문 등으로 인한 비극의 장소를 찾는 다크 투어리즘dark tourism에 가깝다. 다크 투어리즘은 단순히 역사적 사실을 전해 듣기에서 더 나아가 당시 상황을 간접적으로나마 느끼면서 고통의 역사가 다시는 일어나지 않도록 하겠다는 다짐으로 그 의미가 설명된다.

정말로 므레모사의 방문자들은 이곳의 참상을 잊지 않기 위해 찾아온 것일까? 왜 이들은 므레모사를 방문하고 싶어 했던 것일까? 소설에 등장하는 므레모사의 방문자들은 아무에게도 공개된 적 없는 이곳을 자신들이 최초로 방문했다는 점을 강조한다. 연구자 이시카와는 날것의 비극은 희석되지도 때 묻지도 않은 것이기에, "그 다듬어지지 않은 낯선 비극을 목격"(24쪽)하는 것만으로도 연구의 희소성이 있다고 말한다. 의협심에 불타는 기자 탄에게 지금까지 밝히지 못한 "이르슐의 폭압과 므레모사 주민들의 비극"(27쪽)은 특종이기도 하고, 자신의 불행에서 벗어나지 못한 헬렌에게 므레모사의 비극은 자신의 "실패 따위는 아무것도 아니라는 증명"(25쪽)이기도 하다. 조회수가 생명인 유튜버 주연에게 므레모사는 그 자체로 오랫동안 폐쇄된 장소가 풍기는 분위기와 삭막한 마을 풍경만으로도 '좋아요'를 누르게 하고 구독자수를 늘리는 볼거리이다.

특히나, "끔찍한 비극 이후에도, 기이하게도 이 죽음의 땅으로 돌아온 사람들이 있었다는 것"(61쪽)이 모두의 이목을 끈 가장 큰 이유이다. 결코 세상에 드러낸 적 없는 귀환자들을 목격하겠다는 것,

이것이 낯설고 외진 마을을 방문하려는 또렷한 목적이었다. 물론 방문자들은 자신들의 방문이 브레모사에 득이 될 거라 확신한다.

도움을 베풀러 왔고, 구경하러 왔고, 비극을 목격하러 왔고, 또 회복을 목격하러 왔어요. 그래서 실컷 그렇게 할 수 있게 되었잖아요. 행복한 결말 아닌가요? (179쪽)

다른 방문자들과 달리 유안의 방문 목적은 분명치 않다. 개인적 부침을 겪은 유안이 귀환자들로부터 희망을 찾고 배우기 위해서이거나 그들에게 희망을 주기 위해서라고 사람들은 단정하나, 유안은 긍정도 부정도 하지 않는다.

유안은 다리 절단 후 사라지지 않는 환지 감각에서 벗어나기 위해 재활 훈련을 받아왔다. 유안의 재활 훈련사이자 연인이 된 한나는 "상실을 딛고 일어서 나아가는 것"이 "인간이 지닌 최고의 능력"이기에, 신경 가소성을 믿으면서 훈련하다 보면 환지 감각이 사라진다고, 시간이 약이라고 유안을 안심시킨다. 그러나 환지 감각은 사라지지 않고, 오히려 "움직일 때, 격렬하게 움직일 때"(89쪽) 더욱 더 선명해진다. 유안은 사라지지 않는 다리를 감각하는 것만큼이나, "내가 더는 아름답지도 강인하지도 않다면 그때는 어떻게 되는 걸까"(168-169쪽)라는 의문 역시 지우지 못한다.

*

　재난이 벌어진 자리에서, 방문자들은 그 재난의 흔적을 목격하고 고통을 기억하겠다고 말한다. 하지만 알다시피 재난은 이목을 집중시킨다. 재난에서 생겨난 고통만으로도, 이 고난을 겪고 극복하고 이겨내는 서사를 기대하는 것만으로, 재난은 충분히 '스펙터클spectacle'을 선사하는 볼만한 대상으로 여겨진다. 수전 손택은 SF가 영화와 만났을 때 "예술의 가장 오래된 주제 가운데 하나인 재난"을 재현하며, 구경거리 위주의 형식을 취하면서 고난과 재난에서 미적인 쾌감을 즐기게 한다고 설명한다.[2] 이러한 쾌감은 칸트가 『판단력 비판』

에서 설명한 '숭고sublime', 공포를 야기하는 대상이 위협할 수 없는 거리가 만들어낸 불쾌에서 쾌로 전이하는 감정에서 비롯한다.

확실히 목격한다는 것, 본다는 것, 다시 말해 목격 가능한 위치는 재난에서 일정 거리 떨어져 있다. 일어난 일을 기억하기 위해, 목격은 재난의 위치인 '거기'와 이를 목격하는 '여기'를 구분 짓고, 재난이 일어난 '과거'와 그와 무관한, 목격하는 '현재'를 단절한다. 목격의 조건은 재난을 겪은 이를 희생자 일반으로 대상화하고 재현하는 서사를 자아내고 기억의 저장고에 넣어둔다. 목격은 목격한다는 능동성으로 주체의 위치를 차지하고 목격을 통과한 재난은 대상으로 재현된다. 이 목격이 종결되거나 그 바깥에서, 재난의 의미도 사라진다. 이러한 가장 큰 문제는 목격으로부터 비롯된 재현과 서사의 작동이 재난 그리고 그와 관련한 상처와 고통을 타자화한다는 것이다. 그렇다면, 재현

2) 수전 손택, 『해석에 반대한다』, 이민아 옮김, 이후, 2002, 316쪽.

은 불가능하다는 것인가?

아감벤은 재난을 재현 불가능한, 불가해한 숭고한 것으로 이해하는 주장이 사실상 재난을 신화한다고 비판한다. 기독교는 신을 "말해질 수도 입에 담을 수도 쓰여질 수도 없다"는 불가해적 존재로서 찬양하고 숭배해왔다.[3] 재난을 이와 같은 신의 불가해성과 같은 사태로 이해하는 것은 재현 불가능에 마취되면서 죄책감으로부터 벗어나려는 윤리적 무능일 수도 있다. 재현 불가능성의 윤리는 언제나 재현을 독점해온 목격자의 위치의 한계에서 멈춘다.

그리하여 브레모사의 가장 압도적인 장면은 귀환자들의 출현일 테다.

저 멀리 마을 곳곳에서 거대한 나무들을 감싸고 있던 흰 천이 아래로 떨구어졌다. 고목화된 귀환자

---

3) 조르조 아감벤, 『아우슈비츠의 남은 자들』, 정문영 옮김, 새물결, 2012, 47쪽(조르주 디디 위베르만 역시 상상할 수 없는 것의 미학을 비판하며, 모든 것을 무릅쓴 이미지들의 의미를 강조한다.—필자 주).

들이 모습을 드러냈다. 인간의 몸이 나무 기둥처럼 단단히 굳어버려 만들어진, 흙과 모래 먼지와 인간의 피부가 하나가 되어 반쯤 살아 있는 석상처럼 끔찍해 보이는 몰골을 한 그들.

오래전 이곳으로 돌아온, 바깥세상에서는 도저히 살 수 없을 만큼 변이된, 그리하여 그들의 원래 고향을 차지하고 그 자리에 고정되어 움직임 없는 삶을 이어가는, 므레모사의 진짜 귀환자들. (164쪽)

귀환자들은 흰 천으로 둘러싸여진 거대한 기둥과 같은 나무, 아니 그 "나무에 박혀 있는 사람의 눈"(163쪽)이다. 마을에 들어섰을 때 이 나무를 방문자들은 보았지만 아무도 귀환자임을 알아채지 못했다. 귀환자들은 목격되지 않은 채, 스스로 존재를 드러냈다. "암시의 시간"인 낮을 거쳐 밤을 "행동의 시간"(147쪽)으로 만들면서 목격하겠다고 단단히 벼른 채 찾아온 방문자들을 조종한다. 이 눈은 타자로 목격된 재현이나, 목격을 멈춘 재현 불가능성과도 무관한, 재난으로 변이된 채로 실재하는 살, 신체이다.

귀환자들의 실체가 드러나고, 므레모사의 서사는 유안의 선택으로 끝맺는다. 유안은 떠나지 말아달라고 속삭이는 귀환자들의 암시에 걸리지 않은 채로, "검은 나무껍질 사이 붙박인 그들의 눈"을 올려다보며 말한다. "당신들처럼 되고 싶어요. 부디 나를 받아주세요."(183쪽)

유안의 선택을 어떻게 이해할 것인가. 므레모사 그곳은 유안이 한 번도 속한 적 없으나 그에게 고향과도 같이 느껴지는 지대이다. 유안은 거기에서 살아가는 귀환자들이 자신을 이해하리라 확신한다. 이 확신은 유안이 그 누구보다 삶을 원했기에 비롯된 것이었다. 유안은 "누구보다도 삶을 갈망했다. 단지 다른 방식의 삶을 원할 뿐이었다."(175쪽) 누군가에는 사건 이후의 종결일 테지만, 사건과 더불어 실재하는 삶. 그 삶은 누군가에게는 귀환자로 불리고, 누군가에는 정상성에서 멀어진 기형일 것이다. 그러나 귀환자들은 '목격의 대상'이라는 맥락 밖에서도 여전히 실재한다. 이들의 실재, '기형의 신체'들은 그 자신으로 존재해왔다, 존재한다.

기형은 근대적 의미의 대문자 주체들의 거대서

사와 무관하게 스스로를 서사할 수 있는 시공간을 창조한다. 사라 아메드는 말한다. "회복은 노출의 한 형식이다the recovery is a form of exposure."[4] 치유는 덮어버리는 것이 아니라, 상처를 다른 이에게 드러내는 것이다. 이는 재난의 과거를 일어나지 않았던 일로 만들지 않고 과거의 상처가 새긴 흔적이자 표면인 흉터, 그 틈을 남기면서 맞붙어 살아가는 일이다. 현재를 흉터라 불리는 살의 결결에서 작동케 하는 것, 신체가 상처로 빚어졌음을 이해하는 것이다.

*

미래가 등장하지 않는 『므레모사』의 서사를 추동하는 과거와 현재 사이에서 반복은 시제들의 선후 관계를 원인과 결과라는 의미로 묶어내는 선형적 서사에서 이탈케 한다. 선형적 서사는 과거의

4) Sara Ahmed, *The cultural politics of emotion*, Edinburch University Press, 2014, p.200.

잘못을 개선하려는 목적으로 더 좋은 미래를 기대하면서, 미래를 재단하여 어떤 규범으로서 정상적 삶의 양식을 만들어낸다. 므레모사의 미래 없음은 선형적 진보 서사와 단절할 뿐 아니라 이 서사의 조건이 산출한 재난의 타자화에 대한 비판이기도 할 것이다.

『므레모사』의 서사는 과거와 현재를 오가는 반복을 통해, 시제들 사이에 집중하고 시제들을 겹쳐내면서 미래를 향해 질문을 던진다. 그 미래는 어슐러 K. 르 귄이 모든 소설과 SF에서 "미래란 은유"라 한 그 미래일 것이며, 선형적 시간성에서 벗어나 반복의 역량으로 분기하는 복수의 미래들일 것이다.[5] 그리고 그 미래가 무엇을 품는지 예견하거나 짐작하거나 기대하기란 물론 쉽지 않을 것이다.

다만, 『므레모사』에서 나는 과거와 현재 사이에서 반복이 일으킨 두터운 시간들, 시간의 살을 읽

---

5) 어슐러 K. 르 귄, 『어둠의 왼손』, 최용준 옮김, 시공사, 2014, 24쪽.

었을 뿐이다. 이러한 '시간의 살'인 유안의 그림자 다리와 재난으로 변형된 신체, 므레모사라는 지대, 거기에서, 고통을 재현할 수 있는 잠재력이 실재하며 비인간 객체가 말하고 써 내려가는 서사가 생겨난다.

그리고 나는 『므레모사』에서 어둡고도 어두워 선명해진 음영을 발견한다. 그것은 누군가에게 폐허의 땅으로 소진의 공간으로 불리는, 이 므레모사에 존재하는 생기 혹은 생명에 대한 믿음이리라.

작가의 말

팬데믹으로 여행을 갈 수 없는 상황이 되니, 온
갖 여행 다큐멘터리와 영상 콘텐츠를 찾아보고 있
다. 그 영상들을 보며 그리워지는 건 공항 가는 길
이나 호텔 로비보다 오히려, 덜컹거리는 투어 밴을
타고 어디론가 향하는 순간들이다. 아침 집결지에
서의 첫 미팅, 낯선 사람들과의 합승, 어색한 시선,
불편한 자리, 밴 위에서 흔들리는 캐리어들, 구불
구불한 비포장도로, 차 안의 갑갑한 공기, 네모난
창문 바깥으로 휙휙 변하는 이국의 풍경들. 그 순
간, 그 기묘한 긴장감으로 시작되는 소설을 써봐야
겠다는 결심에서 『므레모사』는 시작되었다.

오래전, 샌프란시스코 앞바다에 떠 있는 알카트라즈 교도소에 간 적이 있다. 그 섬은 수많은 관광객이 페리를 타고 수시로 오가는, 더는 감옥으로 운영되지 않는 관광지였다. 수형자들이 생활하던 감옥 내부나 독방, 식당을 재현한 공간들이 있었다. 교도소 안은 내내 섬뜩하고 음산한 분위기였다. 이상하게도 그 여행에서 들렀던 다른 아름다운 장소들보다도 나는 그 섬이 유독 좋았다. "절대 탈출할 수 없는 감옥이었어요. 모두 바다에 빠져 죽었으니까요." 시간이 흐른 후 내가 그곳에서 겪었던 감정을 떠올렸을 때 문득 생경함이 느껴졌다. 거기서 나는 대체 무엇을 즐긴 걸까, 왜 그곳이 마음에 들었을까, 알 수 없는 기분이었다. 시간이 흐르면 어떤 죽음은 투어의 대상이 된다. 여행자는 자유롭게 넘나드는 존재이면서 침범하고 훼손하는 존재이기도 하다. 이 소설을 쓰며 그 사실을 생각했다.

나는 이해의 실패로부터 발생하는 이야기들을 좋아하는데, 이것은 그 실패의 결과를 파국으로 밀어붙인 시도였다. 쓰면서 '아, 나는 이런 이야기를 쓰는 것도 좋아했었지' 새삼스레 깨닫는 순간들이 있었다.

늘 다음 페이지를 펼쳐주시는 독자님들께 감사드린다.

2021년 12월
김초엽

므레모사

지은이 김초엽
펴낸이 김영정

초판 1쇄 펴낸날 2021년 12월 25일
초판 2쇄 펴낸날 2022년 1월 17일

펴낸곳 (주)현대문학
등록번호 제1-452호
주소 06532 서울시 서초구 신반포로 321(잠원동, 미래엔)
전화 02-2017-0280
팩스 02-516-5433
홈페이지 www.hdmh.co.kr

ⓒ 2021, 김초엽

ISBN 979-11-6790-082-1 04810
      978-89-7275-889-1 (세트)

* 책값은 뒤표지에 있습니다.

현대문학 핀 시리즈 소설선 —————